Armand Cabasson

La Dame des MacEnnen

Imaginaires

Collection dirigée par Lucie Chenu et Eric Martini

Éditions Glyphe
85, avenue Ledru-Rollin – 75012 Paris
www.editions-glyphe.com

CHEZ LE MÊME ÉDITEUR

Joëlle Wintrebert. *La Chambre de sable*, 2008

Estelle Valls de Gomis (anthologie dirigée par). *Vampires*, 2008

Jean-Michel Calvez. *STYx*, 2007

Lucie Chenu (anthologie dirigée par). *(Pro)Créations*, 2007

Franck Senninger. *L'Épervier du roi*, 2007

Carole Boudebesse. *La Mallette jaune*, 2006

DU MÊME AUTEUR

Romans

La Mémoire des flammes, Éd. 10/18, « Grands Détectives »

Chasse au loup, Éd. 10/18, « Grands Détectives »

Les Proies de l'officier, Éd. 10/18, « Grands Détectives »
(Publié en grand format chez NiL Éditions)
Prix spécial de la Gendarmerie nationale 2003

Recueils de nouvelles

Noir américain, Éd. Thierry Magnier

Par l'épée et le sabre, Éd. Thierry Magnier

Le Poisson bleu nuit, préface de Mélanie Fazi, Éd. Nuit d'Avril
Prix Charles Brisset 2007 (de l'Association française
de psychiatrie)

Loin à l'intérieur, préface de Denis Labbé, Éd. de l'Oxymore
Prix Littré 2006

ISBN 978-2-35285-048-9

La Dame des MacEnnen

Sommaire

La Dame des MacEnnen 9

Notes sur la Guerre des Roses 137

La Dame des MacEnnen

« Car Dieu n'a pas épargné les anges coupables, mais les a plongés, les a livrés aux antres ténébreux de l'enfer, les gardant en réserve pour le Jugement. »

Deuxième Épître de Pierre,
chapitre 2, verset 4

1

Les anges de Dieu, aux ailes à la grâce sans pareille, je les ai vus ramper à l'agonie. Les armées célestes firent un carnage des anges révoltés. Et Lucifer – le magnifique, le sublime Lucifer, le plus beau d'entre nous, l'archange porteur de Lumière –, je le vis passer devant moi, hoquetant et loqueteux, traîné de force par des séraphins trempés du sang de la tuerie. Il fut jeté aux pieds du Seigneur. Affaibli par ses blessures et sa défaite, contemplant avec consternation les dépouilles de ses compagnons de rébellion, il attendait la mort. Les anges combattants demeurés fidèles le cernaient, l'épée à la main, les pieds clapotant dans des flaques vermeilles. Aussi loin que portait le regard, l'Éden était jonché de cadavres.

Dieu ne dit rien. Pas un mot. La colère se lisait sur son visage. Il était convaincu que Lucifer avait tenté de prendre sa place, mais c'était faux ! En vérité,

Lucifer avait essayé de le renverser pour briser le Trône Suprême. Il ne voulait plus de Roi des Cieux. Jamais. Il pensait qu'ainsi, le monde serait libre…

Le Seigneur l'empoigna et le força à se relever. Geste déroutant… Alors, de ses propres mains, Dieu arracha les ailes de Lucifer, comme on démembre un oiseau. Lucifer hurla. Ses membres tombèrent au sol. Leur délicate courbure s'achevait brutalement sur un moignon sanglant d'où dépassait un os brisé. Notre Créateur le repoussa et l'archange déchu fut précipité dans les limbes, où il se ferait plus tard appeler le Diable.

Ensuite, un à un, les rebelles rescapés comparurent devant Dieu. Les jugements du Seigneur et de son tribunal étaient prompts et les anges loyaux les appliquaient avec célérité. Quelques rebelles obtinrent le pardon, mais les autres furent condamnés à être exilés dans ce lieu dont nous n'avions jamais entendu parler et qui prendrait pour nom l'enfer.

Puis vint la question, plus complexe, des anges neutres. Que faire de ceux-là ? Eux qui n'avaient pas pris part au combat, qui n'avaient soutenu aucun des deux camps. Le Seigneur ne pouvait pas les châtier de la même manière que les révoltés. Pourtant, grande était leur faute ! Alors, dans son extrême sagesse, Dieu eut une idée. Leur sanction serait subtile, longue et douloureuse. Il ordonna que comparût devant lui le plus puissant des neutres, la fameuse archange Ennièle. J'obéis et m'avançai devant le Maître des Cieux.

2

Le Seigneur me fixait avec un air que je ne parvenais pas à déchiffrer. En cet instant, je m'interrogeais sur les raisons de ma neutralité. J'avais adhéré aux idées de Lucifer. Oui, je voulais la liberté ! Renverser ce dieu qui nous morigénait sans cesse pour nous forcer à faire le bon, le bien, le beau…

Pourtant, au moment fatidique, lorsque les rebelles avaient lancé leur offensive, quand leurs légions avaient déferlé sur l'Éden, je m'étais abstenue d'agir. Pourquoi ? Par crainte de Dieu ? En vérité, j'ignorais la raison profonde de mon indécision… Le trône des Cieux avait été ébranlé. Si je m'étais jointe aux révoltés, j'aurais entraîné d'autres anges à ma suite, car, des anges, il en existait « des myriades de myriades et des milliers de milliers », tandis que l'on ne comptait qu'un seul cercle d'archanges, et j'étais l'une d'entre eux. Mon intervention aurait-elle modifié l'issue du combat ?

Le Seigneur était déçu. Il regrettait que je n'aie pas semé la destruction et l'effroi dans les rangs de ses ennemis. Ah, si j'avais chargé, j'aurais couché par foules mes adversaires, aussi aisément qu'un cheval lancé au galop piétine les épis d'un champ de blé ! Dieu de dépit, Dieu de colère, il saisit mes ailes et les arracha ! Je sentis distinctement mes membres se détacher de moi dans des craquements osseux. J'étais stupéfaite, incrédule… Pas cela… Pas moi… Puis vint la douleur et j'eus l'impression que mon dos éclatait, libérant des gerbes de sang et une pluie de débris de côtes. Voulant montrer à tous ma déchéance, le Créateur brandit mes ailes et les brisa à plusieurs reprises, comme on s'acharne sur une paire de branches mortes. Mes plumes tombaient en tourbillonnant sur elles-mêmes, tempête de neige aux flocons tachetés d'écarlate. Je basculai en arrière mais, au lieu de me retrouver étendue dans l'herbe verdoyante de l'Éden, je traversai le sol. Avec la perte de mes ailes et de mon statut d'ange, je ne parvenais plus à me maintenir en ces lieux.

Je chutais, chutais, chutais et rien, jamais, ne venait arrêter mon corps. Qui se figurera ce que j'ai vécu s'il ne l'a vécu lui-même ? Cette sensation si nouvelle – et si incompréhensible pour moi – de sombrer dans le vide. L'accélération. Le souffle de l'air qui chuinte et siffle à vos oreilles. Je gesticulais piteusement dans l'espoir illusoire de parvenir à nouveau à voler. Jusqu'à présent, l'air avait toujours été un élément familier : je me laissais porter par les coups de vent ou je m'élançais dans les Cieux, avide d'immensité. Voilà que je lui découvrais d'autres aspects, hostiles ceux-là. Son impalpable matière sur laquelle mes mains se refermaient en vain. La frayeur de la chute. La perte de tout repère. Je criais d'effroi, fixant le paradis qui s'éloignait de moi à toute allure.

J'étais incapable d'y songer sur le moment, mais ma chute me guidait vers le point exact où Dieu voulait me voir arriver.

Je finis par heurter quelque chose, avec une violence inouïe ! Le choc sur mon dos me donna l'impression que le Seigneur m'arrachait une nouvelle fois les ailes, mais avec une rage telle qu'il emportait avec elles ma cage thoracique. Je percevais des trombes d'eau qui jaillissaient autour de moi, s'élançant à des hauteurs insensées.

Les eaux se refermèrent sur moi, m'immergeant, m'engloutissant. Je sombrai. Ma chute s'achevait dans la douceur. Mon corps meurtri vint se poser sur un écrin de vase.

Je ne bougeais pas. J'attendais que mon immobilité finisse par apaiser ces émotions qui s'agitaient dans mon âme, tempête furieuse et chaotique. Loin au-dessus de moi, la surface du lac scintillait au soleil en tanguant tant et plus, encore toute troublée par la véhémence de ma venue.

Du Règne de l'Air je passai donc au Règne de l'Eau. Dieu m'avait envoyée dans ce lac comme il aurait replongé l'une de ses créatures dans un utérus gravide. Il m'avait obligée à régresser et, dans ce lieu protecteur, j'allais évoluer de manière différente pour devenir *autre chose* qu'un ange.

3

Parfois, je gagnais la surface. Hélas, il m'était impossible de m'éloigner des berges. Ce lac était ma prison, le lieu de ma pénitence. Je compris que je me trouvais sur la Terre, l'un de ces mondes que Dieu avait créés et peuplés. Ici proliféraient les oiseaux, les poissons… Mais qu'avais-je à faire de ces créatures primitives ? Allais-je raconter à ces éphémères taches de couleur qu'étaient les papillons mes considérations sur le dogmatisme ? Devais-je me mettre à quatre pattes pour polémiquer avec les taupes et les mulots sur le manichéisme, conception que Dieu voulait nous imposer alors que je l'estimais contraire à la nature profonde des êtres ? De désespoir, j'en vins à songer que j'aurais j'eusse été en meilleure compagnie en enfer.

Plusieurs éternités s'écoulèrent. C'est dire combien mon univers m'était devenu familier… Je me déplaçais avec aisance, connaissais chaque recoin de ces lieux, découvrais des propriétés étonnantes à l'élément liquide… J'avais aménagé ma demeure au point le plus profond, depuis lequel la surface n'était plus qu'un lointain et minuscule point lumineux, telle l'unique étoile d'une nuit noire. Mon palais me rappelait mon rang perdu ; je trônais dans une caverne ; les algues étaient mes tentures, les poissons mes fidèles et stupides sujets… Dérisoire…

Je passais des heures étendue à la surface des eaux, flottant, les cheveux déployés, à contempler les étoiles.

Pour occuper mon temps, entretenir mon esprit – autrement, n'allais-je pas finir par devenir poisson moi-même ? le plus ridicule de tous, avec des jambes, des bras et de longs cheveux ? – et restaurer un peu de ma puissance passée, je m'adonnais à la magie.

Ah, la magie ! Quand je lançais mes sorts, quand j'accomplissais des prodiges, j'avais l'illusion de redevenir celle que j'avais été ! Je déclenchais des tempêtes et mettais mon lac sens dessus dessous. Je faisais éclore des étendues de fleurs bleutées – la couleur de mon âme – avant de toutes les faire subitement faner, comme je m'étais moi-même flétrie en un instant. Je tourmentais les nuages. Malheureusement, ceux-là se trouvaient bien trop bas pour être ceux qui supportaient l'Éden. Mais je m'amusais à croire qu'il s'agissait d'eux et je les tordais, les retournais et les déchirais pour les abandonner en lambeaux. Je parvins à faire croître certains poissons, à remodeler leur corps et à les changer en monstres aquatiques qui tremblaient quand je leur apparaissais et s'entre-dévoraient pour me divertir. Jeu puéril, certes, mais il me plaisait de voir des êtres souffrir plus que moi.

Le temps s'écoulait ainsi, se répétant à l'identique.

Un jour, tout changea.

4

Quand je vis les hommes pour la première fois, je crus qu'il s'agissait d'anges. Mais les plus laids et les plus maladroits qui aient jamais existé ! Non, ce ne pouvait être des anges. D'ailleurs, aucune aura n'irradiait d'eux, ils ne possédaient pas d'ailes et la magie leur était inconnue. Ils n'utilisaient que la force et, à un degré moindre, l'intelligence. Pourtant, ils ressemblaient à Dieu.

Le Seigneur avait créé les anges à son image. Mais, très vite, il avait deviné qu'un jour, certains d'entre eux le trahiraient, entre autres raisons par orgueil. Dieu estima probablement que la beauté jouait un rôle dans cette rébellion en gestation. Je compris que, lorsqu'il avait façonné les hommes – une nouvelle sorte de créatures semblables à lui, c'est dire à quel point il nourrissait de grandes espérances à leur sujet –, il avait décidé de les doter d'une grâce moindre. Bien plus tard, quand j'aurais appris à mieux connaître ces êtres, je songerais que les hommes étaient attirés par la beauté parce qu'ils tentaient de compenser cette part manquante d'eux-mêmes, dont ils pressentaient l'absence. Car un homme vraiment embelli deviendrait un ange, un presque Dieu. Les pouvoirs, le vol ne sont que des attributs, tandis que la splendeur constitue le cœur de notre âme.

Lorsque je découvris ces *choses*, donc, je les perçus comme des singes améliorés, les primates étant à l'homme ce que l'homme est à l'ange. Des singes qui s'avançaient vers mon lac.

Quel spectacle ! Ils se tassaient les uns contre les autres, meute affolée aux crocs minuscules. Couverts de peaux de bête, ils agitaient des bâtons aux pointes noircies par le feu comme s'il s'agissait d'armes dévastatrices. Ah, combien j'aurais ri d'eux s'ils ne s'étaient pas approchés de mon domaine ! Mais ils avaient soif. Leurs lèvres craquelées laissaient s'échapper des grognements d'envie et leurs yeux s'écarquillaient comme des éponges marines absorbant déjà mon eau. L'idée qu'ils puissent toucher la surface de ma demeure me souleva le cœur. J'aurais eu l'impression que leurs mains pressaient mes seins et fouaillaient entre mes cuisses. D'un geste, j'attirai l'attention de l'un de mes monstres, le pire de tous, une bête au cœur si féroce que je savais qu'un jour, elle se révolterait contre moi. Je l'avais créée pour cela, d'ailleurs, pour qu'elle m'attaque. Alors, je la vaincrais, je la briserais et je lui arracherais les nageoires avant de la laisser sombrer. Elle finirait ses jours ainsi, se traînant au fond du lac, incapable de remonter. Je lui ferais subir mon propre sort et j'observerais ses réactions. Peut-être trouverait-elle une issue à laquelle je n'avais pas songé. Mais elle se laisserait probablement mourir... Ah, je devais reconnaître que supérieure était l'intelligence du Seigneur. Voilà quelle était sa sanction pour les anges restés neutres durant la Grande Révolte : les laisser périr lentement d'ennui et de désespoir – mais ils étaient immortels...

Sur ces hommes grelottant et sursautant au moindre bruit, je lançai mon monstre. Sa tête carnassière perchée sur un cou interminable émergea, s'ouvrit pour les happer et ils détalèrent en poussant des hurlements qui me firent rire longtemps.

Le même jour, ma créature indocile fila droit sur moi, gueule ouverte, et m'assaillit. Je n'avais pas songé que son attaque surviendrait aussi précocement. Je réalisai que, ayant dispersé des hommes avec aisance, elle se sentait de taille à me vaincre. Parce qu'elle me considérait comme l'un d'eux, d'où sa soudaine impétuosité ! Cette idée déclencha ma fureur. Je la repoussai en faisant naître un puissant courant et l'acculai contre les rochers. Pendant des semaines, elle se débattit pour se libérer, luttant contre mon courant magique et lacérant son corps contre les arêtes rocheuses. Quand elle succomba, elle n'était plus qu'une dépouille en lambeaux, de la charpie de chair... Son cadavre titanesque se putréfia pendant des mois, infestant mes eaux, les rendant pareilles aux noires pensées que je ressassais.

Une nuit, les hommes revinrent. Je déclenchai une tempête à nulle autre pareille et ces visiteurs indésirables se pressèrent les uns contre les autres, effarés et tremblants. Des trombes d'eau s'abattaient sur eux ; les éclairs zébraient le ciel en si grand nombre que le monde semblait éclater en mille morceaux ; le tonnerre les assourdissait ; le vent les couchait comme des brins d'herbe ; mon lac avait la fureur des océans déchaînés... Je sortis des eaux folles pour leur signifier que ces lieux étaient ma propriété. La perfection de ma beauté nue acheva de leur faire perdre la raison et ils prirent la fuite.

Ils me laissèrent un temps en paix. Et de ce temps-là je ne fis rien, car je n'avais rien à faire.

Ils vinrent à nouveau. Pourquoi cette insistance ? Un seul s'avança, observé de loin par le groupe. Celui-là était mieux habillé que les autres et portait des colliers de dents de loup et des pattes d'animaux qui pendaient sur son vêtement. Des peintures bleues (comme la couleur de mon lac ?) ornaient son visage et ses bras. Il progressait lentement, s'inclinait, se prosternait, reprenait sa marche, s'arrêtait pour s'incliner à nouveau et formuler des suppliques dans sa langue archaïque. Peu de mots mis bout à bout et accompagnés de gestes. Ils avaient mis au point une autre stratégie pour m'approcher ! Ainsi, ils étaient réellement intelligents... Leur ressemblance physique avec les miens m'en parut moins offensante. Absorbée par ces considérations, je le laissai approcher plus que je ne l'aurais souhaité. Il lança alors quelque chose qui traversa la surface. Je me trouvais sous les eaux – car je n'avais nul besoin d'être à l'air libre pour voir ce qui s'y déroulait. Mon regard se porta sur cet objet qui venait de faire irruption dans mon monde. Sombrait doucement un petit caillou. Les rayons du soleil le parsemaient de scintillements dorés tandis que le lac commençait à le parer d'une teinte bleutée. De l'or ! Mon métal préféré, parce qu'il avait la couleur du soleil ! Je nageai jusqu'à lui et l'accueillis dans ma paume, avec une délicatesse extrême, comme s'il n'avait été qu'un rêve dont la bulle allait éclater à mon contact. Cette pépite ornerait ma demeure qui, ainsi, en un point minuscule, aurait l'exact éclat des palais du paradis.

L'homme atteignit la berge et, d'une main tremblante, préleva de l'eau qu'il porta à ses lèvres. Il agissait avec égard. Je le laissai faire. Il y gagna en assurance et sa tribu vint le rejoindre, craintive et étonnée. Tous me manifestaient leur respect. Ils me traitaient comme une divinité ! Leur ferveur me rappela cette époque lointaine où j'étais une archange et où toutes les créatures existantes exprimaient avec déférence leur amour pour moi. Je voulais redevenir celle que j'avais été mais, en attendant ce jour qui me comblerait, je pouvais déjà être la déesse de ces lieux.

À compter de cette date, dans leur jargon malhabile, je fus appelée : « la Dame du Lac ».

5

La tribu s'installa au centre du lac, dans la presqu'île reliée au rivage par une étroite bande de rocaille. L'homme qui avait osé m'approcher le premier, leur sorcier, avait pris l'ascendant sur le groupe. Il imposa un rituel, dans l'espoir d'obtenir ma bienveillance. Ils firent le tour de la presqu'île en chantant et, à la fin, tous me jetèrent une pépite, et les mères veillaient à ne pas oublier d'en placer une dans la main de leur nourrisson geignard pour la leur faire lancer. Une brève pluie aux gouttes d'or traversa l'éternel ciel bleu de mon lac.

J'avais cru qu'ils convoitaient ce lieu pour se protéger des bêtes sauvages. C'était le cas, à ceci près que les bêtes sauvages en question n'étaient pas celles que j'avais imaginées. Point de loups mais d'autres hommes. Une bande survint, nombreuse. Uniquement des guerriers. L'eau les fit hésiter. Ils pouvaient s'aventurer sur le passage qui conduisait au cœur de la presqu'île, mais tous les hommes de la tribu les y attendaient, les armes à la main. Il y eut alors des négociations. Le meneur des assaillants parlait beaucoup, mais sa langue n'était pas celle de ses adversaires. Il était nu sous des peaux de bêtes et son pénis dressé en disait plus long que ses propos sur ce qu'il comptait faire.

Le sorcier du clan se prosterna au bord de l'eau. Il m'implorait. Les femmes le rejoignirent. Les mères brandissaient leurs nourrissons et les filles se lamentaient tout en se couvrant le visage de boue pour s'enlaidir dans l'espoir d'échapper aux viols. Tout cela était bruyant, me dérangeait. Mais ils étaient mes fidèles, ils me rendaient un peu de ma part d'ange. Je sortis donc des eaux, ruisselante, telle une déesse protectrice des femmes et de cette tribu en particulier. La surprise consterna les envahisseurs. Mon regard exprimait une colère incandescente. Épouvantés, ils se dispersèrent en courant.

Les siècles passèrent et jamais je ne recevais le pardon de Dieu.

6

Les hommes avaient évolué de manière prodigieuse et mes relations avec eux étaient devenues plus complexes.

Nous avions peu à peu établi un équilibre entre droits et devoirs réciproques. Les humains respectaient ces lieux, veillaient à la propreté de ces eaux en n'y jetant pas les débris de leurs repas et en retirant les cadavres qu'y précipitaient leurs batailles dont je ne me mêlais plus. Ils ne se rendaient jamais dans les parties du lac qui m'étaient réservées. Ils me vouaient un culte. Certaines dates m'étaient consacrées, durant lesquelles je recevais des prières et des présents ainsi que d'autres manifestations de dévotion. À leurs yeux, j'étais le génie de ces lieux, une déesse locale.

Au fil des siècles, j'avais accumulé de grandes quantités d'offrandes et le faste de mon palais immergé rivalisait avec celui des demeures de l'Éden. On ne prononçait mon nom qu'avec déférence, et l'on disait le plus souvent : « la Dame », « la gentille Dame » (« gentille » parce qu'ils croyaient qu'en me qualifiant ainsi, je le serais à leur égard...), « la Dame du Lac », « la Dame du Loch » (ainsi appelaient-ils les lacs et les *firths* – ces vallées creusées par les glaciers et aujourd'hui envahies par l'eau de mer – de ces régions montagneuses), « la Dame des MacEnnen »... Cette dernière appellation me troublait. M'estimant indigne de porter mon ancien nom d'archange, j'avais altéré mon nom d'Ennièle en Enneline. Une nuit, alors que je me croyais à l'abri des regards importuns, assise sur un rocher, contemplant mon reflet sur la surface du lac éclairée par la lune, je me dis à moi-même à voix haute :

– Enneline, quand redeviendras-tu enfin Ennièle ?

Je perçus un bruissement et détournai le visage. Ma réaction effraya une fillette cachée dans un bosquet et celle-ci détala aussitôt. Ce lieu m'était réservé ! Aucun humain ne devait s'y rendre ! Je me sentais bafouée ! Sa mère eut beau essayer de dissimuler cette transgression, le clan découvrit immédiatement l'affaire. À l'aube, des guerriers et des religieux amenèrent cette enfant sur la berge et l'obligèrent à regarder dans la direction du lieu où elle avait commis sa faute. Puis ils la bannirent en lui lançant des pierres. Quand elle se retourna une dernière fois pour les implorer, un caillou la heurta au front et le sang vint recouvrir son visage, tel un voile vermeil tiré entre elle et les siens.

Cependant, dans les jours qui suivirent, les habitants de l'île prirent pour nom « Ennen ». Le clan MacEnnen. Quelle hypocrisie d'avoir chassé la fillette pour utiliser ensuite ce qu'elle leur avait révélé. Je ne sus jamais si elle avait mal entendu mes deux noms (je m'étais exprimée dans la langue des anges aussi cette enfant avait-elle deviné plus qu'elle n'avait compris) ou si ces hommes n'avaient pas osé reprendre tel quel l'un des deux et l'avaient altéré pour aboutir à ce nom : « Ennen ». Toujours est-il qu'ils souhaitaient raffermir ainsi leurs liens avec moi. Sur le moment, je jugeais cela naïf. Mais, avec le temps, cette similitude des noms finit par agir presque malgré moi et, effectivement, nos liens s'en trouvèrent resserrés.

J'avais moi aussi des devoirs à leur égard. Je chantais leurs morts.

7

Grâce aux prêtres qu'ils appelaient druides, j'appris que l'on vénérait d'innombrables autres divinités. Dans les lacs, les sources, les cascades, les rivières, les fleuves, les arbres, les montagnes… Ainsi donc, je n'étais pas seule ! Le Seigneur avait banni sur Terre les millions d'anges demeurés neutres durant la Grande Révolte ! Mes sœurs et mes frères connaissaient le même sort que moi. J'enviais ceux qui vivaient dans un chêne, un frêne, un aulne ou un sapin, au sein d'une forêt, et pouvaient converser à loisir avec les leurs. Ou la divinité d'une rivière qui parcourait de vastes régions. Moi, je n'avais que mon loch. Je me sentais pareille à un poisson contorsionné sur lui-même et baignotant dans le peu d'eau que contenaient les deux paumes jointes de Dieu.

Mais, quand je chantais les morts du clan MacEnnen, ma voix portait loin aux alentours pour ceux qui pouvaient l'entendre. Et mes sœurs et mes frères savaient que la déchue Ennièle se trouvait ici, dans le loch de Fawchry, au cœur des terres des MacEnnen…

Hélas, Dieu n'apprécia point que nous réussissions à nous élever quelque peu. Il décida de raffermir son autorité auprès des humains. Il envoya son fils sur Terre et les hommes le crucifièrent ! Étrange dessein, plan tortueux... J'imaginais une foule encerclant mes eaux dans le but de me clouer sur une croix perchée sur une collinette. Ah, auraient-ils essayé que j'eusse nagé pendant des jours dans un lac de sang, et l'on eût parlé longtemps du loch rouge de Fawchry !

Le sacrifice du Christ marqua les hommes. Pour atténuer leur culpabilité, ils se convertirent en masse au christianisme. Les chrétiens chassèrent les autres religions ; ils abattirent les arbres sacrés, édifièrent partout des églises, stigmatisèrent ceux qui vénéraient « des idoles et des démons » au lieu de chérir le seul vrai Dieu... Le clan MacEnnen adopta le christianisme, comme tout le monde dans ce pays et dans bien d'autres. Mais, ici, personne – oh, non, personne ! personne ! – ne m'oublia. Mon culte perdura en secret. Puisqu'il était désormais interdit de me considérer comme une divinité – « Sacrilège ! Croyances insensées ! » s'exclamaient les prêtres –, je devins une légende, la fée du lac de Fawchry.

8

Un jour, j'eus une vision de l'avenir d'un homme, Ingram MacEnnen. Ce phénomène n'était pas extraordinaire en soi. Le lien qui m'unissait depuis si longtemps (« longtemps » au sens où l'entendent les hommes) avec cette famille de haut lignage était si fort qu'il en influençait ma magie. Ainsi, régulièrement, j'entrevoyais un fragment de l'avenir du chef des MacEnnen.

Il s'agissait toujours de moments clés de la vie de ce seigneur. Cela me permettait de composer peu à peu mon chant. Car j'avais moi aussi des obligations envers les MacEnnen. Ce qui n'avait été au début qu'une coutume était devenu mon devoir et mon privilège. À chaque seigneur du clan incombait la tâche d'être le gardien de mon culte secret. Il veillait à ce que les siens et ses invités respectent mon nom et mes lieux privés. En contrepartie, j'étais la *Caoineag* des MacEnnen, leur *Banshee*, leur *Bean Nighe*, leur pleureuse divine, la fée qui rendait hommage à leurs morts. Chaque événement d'importance concernant le chef du clan, je le transcrivais en quelques vers. Quand j'avais la vision de la mort prochaine de ce seigneur, alors, la nuit venue, je gagnais la surface et je célébrais l'homme destiné à mourir. Je contais ses exploits, ses sages décisions et ses folies, ses amours et ses peines. Je chantais qui il avait été et ma mélodie était à l'image de la vie de celui qu'elle honorait ou raillait.

Et, à la fin de mon élégie, si ce seigneur avait été grand, je le pleurais et me lamentais. Mais, s'il avait été insignifiant ou s'il avait apporté le malheur sur les siens, j'éclatais d'un rire dont le mépris fouettait comme la bise.

Ainsi, je chantai comment Angus MacEnnen entraîna ses guerriers presque nus dans les champs de chardons pour y tailler en pièces les furieux Hommes du Nord, que le reste du monde considérait comme invincibles. Avec exaltation, je contai de quelle manière il avait lui-même terrassé un *ulfhednar*, un guerrier-loup en proie à une transe meurtrière. Quand mon chant se tut, je le pleurai toute la nuit.

Je commémorai l'odyssée de Geordan MacEnnen, cet intrépide voyageur qui avait sillonné mers et océans pour finir par découvrir des terres mystérieuses, loin là-bas, à l'ouest. À son retour – auquel on ne croyait plus après ces dix années d'absence –, nul n'avait prêté foi au récit de ses voyages. Qu'importe ! Les flots l'appelaient déjà, il n'avait déjà plus le temps de s'attarder sur sa terre natale. Sa vie s'acheva au plus fort d'une tempête. Alors que son navire sombrait, au lieu de se cramponner aux esquifs, il se précipita dans les bras des sirènes.

Je révélai pour quelle somme Kendrew MacEnnen avait vendu son âme, promettant à Édouard Ier que son clan marcherait au côté des Anglais contre les Écossais de William Wallace. Ma mélodie se termina joyeusement, racontant de quelle manière son corps avait éclaté, écartelé par des chevaux menés par ses propres hommes. Mon rire cristallin rendit folle sa veuve qui se jeta dans mes eaux.

Je narrai la bataille de Bannockburn, lors de laquelle Ewan MacEnnen n'avait pas cillé tandis que la somptueuse chevalerie anglaise chargeait les piquiers écossais massés en trois monumentaux rectangles. Tout le clan sut qu'il était mort en héros, dressé sur les corps amoncelés de ses ennemis et l'épée levée pour frapper.

J'évoquai les enluminures du frère Matthew, qui avait passé la fin de sa vie à peindre des saints dans le monastère de Cairnlins. Dans sa jeunesse, au contraire, tandis qu'il régnait sur le clan sous le nom de Carney MacEnnen, il avait ravagé les seigneuries des Lowlands favorables aux Anglais et le Northumberland, incendiant villes et villages, rasant les châteaux et jetant ses prisonniers dans les brasiers qu'il semait sur son passage telles des graines d'enfer. Pour lui, mon chant fut délibérément discordant, inharmonieux, car toujours en lui coexistèrent l'appel du sacré et la soif de destruction.

En certaines circonstances exceptionnelles, quand un MacEnnen avait accompli un exploit émérite, pour que son éloge funèbre fût plus glorieux encore, j'enchaînais tous mes chants en terminant par le sien, bien qu'il y en eût désormais plus de soixante-dix, et l'ensemble constituait la saga du clan MacEnnen.

Ainsi donc, chaque seigneur des MacEnnen préservait mon culte et moi, je préservais le sien et celui de ses ancêtres.

Or il advint que ce que je vis au sujet de cet Ingram MacEnnen me stupéfia. Mon visage demeura impassible – car il ne me plaisait point qu'un humain pût susciter une telle émotion en moi –, mais je fus si troublée que, dans le secret des profondeurs de mon loch, les eaux se mirent à tournoyer autour de moi, soulevant de fantomatiques nuages de vase...

Je décidai de mieux connaître cet homme.

9

Le bruit attira mon attention : appels, cliquetis métalliques, hennissements, sabots piaffant… Je gagnai la surface, prenant soin d'utiliser ma magie pour me rendre invisible aux hommes.

Pour des raisons défensives, le clan avait creusé la bande de terre qui reliait autrefois la presqu'île à la terre ferme, la transformant en île. Celle-ci était recouverte par le château des MacEnnen, dont les pierres grises prenaient une teinte dorée quand les frappaient les vifs rayons d'un soleil d'été. On y accédait par un long pont de pierre à arches. À mi-chemin, une tour indépendante gardait le passage. Plus loin, on aboutissait à une barbacane dotée d'un pont-levis. À partir de ce point, les portes successives étaient disposées non pas en enfilade mais de telle manière qu'elles obligeaient à progresser en tournant tout autour du château. Ce chemin, pareil à la spirale d'une coquille d'escargot, forçait les assaillants à prêter le flanc aux remparts de la ligne de défense suivante. Il en résultait une sorte de jeu de colin-maillard, où l'ennemi tournait en rond et n'enlevait à la fin son bandeau que pour découvrir que c'était la Mort qu'il venait d'agripper. Les bâtiments de la première enceinte se dressaient, massifs, proches les uns des autres pour se soutenir mutuellement. Sur la gauche, une courtine, crénelée des deux côtés, s'avançait dans les eaux et conduisait à une puissante tour ronde qui flanquait le pont. En retrait et sur un noir petit promontoire granitique s'élevait la deuxième ligne de défense, dominant la première cour intérieure. Là se trouvait l'ancien manoir fortifié, autrefois l'unique bâtiment du château, qui s'était vu adjoindre deux bastions latéraux eux-mêmes surplombés de tours. Il fallait ensuite traverser la seconde cour intérieure, qu'interrompait au nord une haute courtine en arc de cercle percée d'une porte étroite étranglée entre deux tours jumelles. Enfin, au cœur de la troisième cour trônait le nouveau donjon, vaste corps de logis renforcé de tourelles en encorbellement.

Cette ingénieuse architecture me plaisait. Elle faisait savoir au monde quelle sorte de gens étaient les MacEnnen.

Le vacarme s'amplifiait. Un cri retentit : « En avant ! » Des soldats ouvrirent les portes du château et l'armée des MacEnnen déferla au-dehors. Les cavaliers s'élancèrent au galop. Les sabots heurtaient le pont de pierre dans un bruit de cataracte. Les bannières claquaient dans le vent de cette course effrénée : la croix oblique de Saint André, blanche sur fond bleu, l'emblème de l'Écosse ; une rose rouge pour afficher leur soutien à la Maison de Lancastre; la Vierge Marie; la Salamandre baignée de flammes du seigneur de Maymayer, que le clan avait fait prisonnier à la bataille de Bannockburn après avoir vidé de leurs étriers tous ses belliqueux vassaux; et, bien sûr, partout, les armoiries des MacEnnen, d'azur à la Dame d'argent... Quoiqu'en réalité, ce bleu n'évoquait pas le bleu céleste, mais notre loch. Quant à l'argent, en langage héraldique, il désigne le blanc. D'azur à la Dame d'argent signifiait donc: la Dame blanche en son loch de Fawchry.

Cette cavalerie passa à grand fracas sous la tour du pont, tempête d'ardeur et de couleurs, et accéléra encore sur la route de Stirling. C'est à peine si j'eus le temps d'apercevoir Ingram MacEnnen, en tête de ces exaltés, éperonnant son destrier. L'infanterie suivait, déjà distancée. Les hommes d'armes se pressaient, armés de fauchards, d'épieux de guerre, de guisarmes, de haches de bataille, de marteaux de guerre... À cette coulée succédèrent les archers, puis le flot bleuté des hallebardiers dont la brigandine était recouverte d'une livrée aux armes des MacEnnen. Ensuite, ce furent la poignée d'arbalétriers et de couleuvriniers, les mercenaires français et irlandais recrutés pour cette campagne... Vint enfin l'arrière-garde, impatiente, dont les cavaliers bousculaient les derniers piétons pour les obliger à se hâter plus encore.

Tout cela, je l'observais avec la plus extrême attention. Car, bientôt, j'aurais à ajouter quelques strophes au chant que je consacrerais à cet Ingram MacEnnen.

Les habitants du château les regardèrent s'éloigner. L'armée des MacEnnen devint une ligne segmentée qui s'étirait à l'horizon, disparaissant derrière le sommet d'une montagne, réapparaissant plus tard sur la pente d'une autre… Elle finit par s'évanouir définitivement, mais les regards de ceux qui étaient restés ici s'attardèrent encore longtemps…

Le ciel s'obscurcit. La forteresse dégarnie se mit sur le pied de guerre. Les portes furent fermées et barrées. Le pont-levis fut relevé. Des chiens erraient dans les cours et leurs aboiements attiraient des hommes d'armes. Quand la nuit submergea les lieux, le château ressemblait à un coquillage fermé sur lui-même et fossilisé. Quel contraste avec la cavalcade de la journée ! C'était à croire que celle-ci avait drainé avec elle toute la vie de ces lieux, telle une coulée de sève fatale à l'arbre dont elle s'échappe. Un œil non averti aurait pensé que, excepté la garde, les gens dormaient. Mais non. Pas ici. Pas chez les MacEnnen. Nul ne pouvait sommeiller. On me guettait. Si l'on me voyait apparaître, cela signifierait que j'allais chanter. Ce chant raconterait ce qu'avait accompli Ingram MacEnnen durant sa vie et annoncerait sa mort imminente.

Mais je ne me montrai pas.

Car tu n'allais pas mourir, Ingram MacEnnen.

10

Du fait de ce lien qui s'était établi entre chaque chef de famille des MacEnnen et moi, il m'était possible de quitter mon loch en de rares occasions. Mon corps demeurait au fond de ces eaux sombres. Mais, quand le seigneur des MacEnnen se déplaçait, il arrivait que mon esprit puisse l'accompagner. Pour observer et, plus tard, chanter.

C'est ainsi que je me trouvais à deux endroits à la fois, et dans mon loch, et avec l'armée d'Ingram MacEnnen. Mon esprit, ivre de liberté, tourbillonnait dans les airs tandis que ces hommes alourdis par l'acier se pressaient sur des sentiers de montagne. Je m'imprégnais des paysages comme un assoiffé se jette sur une eau aux mille saveurs. Nous nous faufilions entre des pics, foulant de longues et étroites bandes de bruyère parsemées d'énormes rochers. Les chevaux renâclaient, obligés de descendre des pentes trop raides, leurs sabots glissant sur d'instables tapis de cailloux, tandis qu'en contrebas, des étendues d'eau semblaient guetter leur chute pour les engloutir.

Depuis tel sommet, on embrassait vingt lochs du regard, tous réfléchissant les feux du couchant, et c'était comme si l'on assistait à l'étrange floraison de fleurs liquides aux couleurs vivaces et changeantes. Depuis tel autre, à l'aurore, partout, le brouillard vous cernait, donnant l'illusion que le monde s'était dissous durant la nuit. Sur les plateaux, la lande avait un aspect désolé, mais le parfum des ruisseaux brunis par la tourbe m'enivrait. Le bleu des lacs et des *firths* baignait les pieds des montagnes de granit gris dominées par la grisaille du ciel. Quelquefois, une cascade traçait une bruyante ligne d'un blanc neigeux. Partout, je percevais la présence des miens, de tous ces autres anges déchus, et les larmes de mon âme venaient se mêler à l'eau de chaque loch que nous longions.

Nous finîmes par quitter les Highlands et je m'émerveillai de ce changement subit de paysage. Les montagnes semblaient avoir arrêté net leur progression le long d'une ligne, telle une armée de géants qui aurait inexplicablement interrompu sa marche victorieuse vers le sud et aurait fini par se pétrifier. Ici, le monde était coupé en deux : d'un côté, l'étendue tourmentée, déchirée, des pentes et des cimes et, de l'autre, un plat lissé. La terre évoquait une bête sauvage dont la moitié du pelage, en bataille, constituait les Highlands et l'autre moitié, lustrée par la main de Dieu, les Lowlands.

Nous passâmes près de la forteresse de Stirling, qui gardait le cœur de l'Écosse, surveillant la porte des Highlands et dominant les Lowlands par le nord. On avait coutume de dire que qui tenait Stirling tenait l'Écosse. Nombre de combats s'étaient déroulés au pied de cette grande citadelle perchée sur son promontoire escarpé et qui se riait des attaques. Les soldats du clan se congratulèrent et s'étreignirent, car c'était là que, le 24 juin 1314, à la bataille de Bannockburn, Ewan MacEnnen s'était illustré. Symboliquement, on brandit la bannière anglaise à la Salamandre avant de la faire plonger, lui faisant revivre la chute qu'elle avait subie en ce jour de libération de l'Écosse. Tous jurèrent de se montrer dignes des MacEnnen de l'époque. Quand Ingram passa au milieu d'eux pour les exhorter à se remettre en mouvement, il fut acclamé comme un héros, lui qui n'avait rien accompli jusqu'à présent. Le poids de leur regard pesait sur lui, je le devinais. Mais le mien lui était plus lourd encore, car il savait que, d'une manière ou d'une autre, j'avais connaissance de ses moindres faits et gestes lors des moments critiques…

Nous traversâmes les Lowlands, pénétrâmes en Angleterre, dans le Northumberland… Le pays était si partagé entre les partisans des York et ceux des Lancastre qu'il y avait partout des ennemis et des « amis » dont il convenait de se méfier. Régulièrement, il fallait bifurquer, s'éloigner de la route la plus directe afin de passer à distance d'une forteresse tenue par des Yorkistes. Les MacEnnen louvoyaient comme un renard qui évite les loups, se faufilant dans les forêts ou cheminant de nuit pour éclater de rire au petit matin après avoir distancé des crocs qui les avaient serrés de près la veille.

Les liens entre notre clan et la famille Lancastre remontaient à la bataille de Homildon Hill, à l'effarant désastre de Homildon Hill. Le quart de l'Écosse combattante gisait en sang au pied de l'armée anglaise. Les chefs victorieux – le comte de Northumberland, son fils Hotspur, les envoyés du roi… – se disputaient quant à la conduite à adopter vis-à-vis des nombreux prisonniers, dont Raibeart MacEnnen faisait partie. Les uns prônaient la clémence, les autres des exécutions en masse. Ils s'accordèrent finalement pour juger au cas par cas les captifs de haut rang. Des têtes se mirent à tomber.

Vint le tour de Raibeart MacEnnen. Sa cause, il la plaida avec brio. Mais les vainqueurs avaient encore soif du sang des vaincus, afin de faire disparaître le goût amer de ces défaites que les Écossais leur avaient infligées ces dernières années. À vrai dire, il ne manquait qu'un seul argument à Raibeart pour avoir la vie sauve. Hélas, il s'agissait de l'un des plus importants : payer une rançon… À l'époque, les MacEnnen connaissaient une période de disette, ils n'avaient rien d'autre à offrir que des brassées de chardons et des jolis galets. Raibeart savait que, s'il ne regagnait pas ses terres, des clans rivaux profiteraient de l'affaiblissement des MacEnnen pour les achever et s'emparer de leur domaine. Au lieu de se laisser submerger par le désespoir, il fit la proposition suivante : à celui qui le gracierait il offrirait son alliance. À cet homme et aux héritiers de ses titres, durant les quatre générations suivantes. Ses propres descendants veilleraient à honorer cette promesse. Excepté, bien évidemment, en ce qui concernait toute guerre entre Anglais et Écossais, ainsi que contre les Français, les alliés séculaires de l'Écosse. Cette proposition suscita des rires. Raibeart ayant été pris par le contingent de l'armée royale, il était devenu la propriété d'Henri IV, même si ce dernier n'était pas présent en ce jour. Qu'avait à faire le roi d'Angleterre du soutien d'un seigneur des Highlands au bord de la ruine ? Que son sang aille donc rougir l'herbe, comme les autres ! Or, contre toute attente, le capitaine royal accepta, non pas pour son bénéfice personnel mais en faveur de son souverain. Pour quelle raison ? Prit-il en pitié ce chevalier qui affrontait avec noblesse un sort contraire ? La nausée commençait-elle à le gagner à la vue de tout ce sang qui n'en finissait plus de couler ? Eut-il la prémonition que l'un des descendants de son roi aurait un jour besoin de cette aide ? Ou agissait-il sans le savoir de par la volonté de Dieu, qui mettait en œuvre l'un de ses desseins aux multiples étapes, ces cascades de causes et de conséquences ? Toujours est-il que Raibeart MacEnnen quitta Homildon Hill, escorté par quatre compagnons, sous les regards étonnés des troupes anglaises, ayant momentanément interrompu la curée, et des dix mille fantômes écossais qui hanteraient désormais ces lieux.

On crut que l'officier royal avait fait un marché de dupes. De fait, Henri IV mourut sans avoir eu le besoin ou le temps de réclamer cette aide.

Mais, aujourd'hui, presque soixante ans plus tard, le clan MacEnnen se portait au secours d'Henri VI, petit-fils d'Henri IV. Ingram respectait la dette d'honneur de son clan à l'égard de la Maison de Lancastre.

Les repos étaient brefs ; il fallait se presser. La marche s'accélérait dans ces immenses plaines à l'herbe grasse, riche, d'un vert si intense qu'il en paraissait liquide. Le vent faisait onduler les brins, agitant la surface de ces océans végétaux.

Enfin, les MacEnnen rejoignirent l'armée des Lancastre, tel un furieux petit torrent des Highlands se jetant dans un puissant fleuve anglais.

La marche vers le sud se poursuivit. L'ennemi, la Maison d'York, cheminait à notre rencontre. On disait leurs forces puissantes et aguerries.

Quelques jours plus tard, il y eut un sanglant accrochage à Ferrybridge, dont j'écoutai à peine les échos car Ingram MacEnnen n'y participa pas.

Le lendemain, les deux armées vinrent se faire face.

11

TOWTON, 29 MARS 1461. Lieu et date qui marqueraient à jamais la vie du seigneur actuel des MacEnnen.

La campagne enneigée faisait ressortir de manière plus éclatante encore les couleurs des nombreux contingents. Partout, des troupes s'alignaient, se déplaçaient en colonne, se fondaient les unes dans les autres ou, au contraire, s'étiraient, tels des cloportes recroquevillés se déroulant… La plupart des hommes qui allaient participer à cette tuerie étaient incapables d'avoir une vue d'ensemble de la situation, tandis que mon don de connaissance me rendait les évènements intelligibles.

L'armée des Lancastre était forte de soixante mille combattants. La Dame des MacEnnen côtoyait le prestigieux cygne et la herse des Beaufort, la vouivre écarlate de Lord Clifford, le sanglier blanc du comte de Devon, le croissant horizontal du comte de Northumberland…

Que voulaient les uns et que voulaient les autres ? Les Lancastre revendiquaient le trône d'Angleterre, qu'ils avaient tenu jusqu'à présent mais sur lequel venaient de s'asseoir les York. Les premiers le convoitaient pour Henri VI, les seconds jugeaient qu'Édouard IV s'y trouvait fort bien.

L'un des emblèmes des Lancastre était la rose rouge, l'un de ceux des York la rose blanche. Si bien que, pour moi, cette querelle dynastique se résumait à « rose rouge contre rose blanche. » Mais j'avais à cœur d'accomplir au mieux mon devoir. La beauté et la grâce de mes chants faisaient ma fierté. Si, moi, j'avais chuté, ma voix, elle, pouvait encore s'élever vers le ciel.

Grâce à mon don de connaissance, je parvins à découvrir une grande partie de ce que je désirais apprendre. Je savais ainsi que les Yorkistes ne comptaient que quarante mille hommes, qu'ils arrivaient, qu'ils étaient là… Et, de fait, leurs rangs serrés apparurent. Leur multitude hérissée de forêts d'armes d'hast vint recouvrir les étendues neigeuses.

Les Lancastriens avaient choisi pour champ de bataille un plateau coupé d'est en ouest par une vallée peu profonde. Ils tenaient leur hauteur, au nord, et laissaient l'autre aux Yorkistes. Chacune des deux armées avait adopté la même formation : trois longues et profondes lignes de bataille, les archers en avant-garde, une infanterie solide et les chevaliers ayant mis pied à terre formant le corps principal et, enfin, des cavaliers légèrement équipés et des piétons pour l'arrière-garde, qui servait également de réserve. Les deux colosses se faisaient face. Des flocons, bousculés par un vent glacé, envahissaient le ciel gris.

Les MacEnnen avaient été incorporés dans la seconde ligne. Ingram contenait leur mécontentement et les rappelait à l'ordre parce qu'ils essayaient, pas à pas, « discrètement », de rejoindre la première ligne.

Lord Fauconberg commandait l'avant-garde des Yorkistes. On le vit lancer la majorité de ses troupes en avant. Des milliers d'archers, qui descendaient la pente, progressivement pour ne pas désorganiser leur formation, telle une lente avalanche. Les archers des deux autres lignes se joignaient à eux. Du côté lancastrien, on n'en croyait pas ses yeux ! L'ennemi, pourtant inférieur en nombre, abandonnait sa position dominante et osait venir défier celle de l'adversaire. Je voyais les visages s'illuminer, les lèvres bleuies par le froid laissaient échapper des ricanements ironiques, les meneurs s'adressaient des sourires… La bataille n'avait point commencé et, déjà, les Lancastriens criaient victoire. Ah, Fauconberg, tu seras dans mon chant ! Ma voix clamera qui tu étais et le clan n'oubliera jamais quel homme redoutable affronta Ingram MacEnnen ! Les soldats qui te manquaient, tu les remplaçais par des flocons…

Les deux lignes d'archers se retrouvèrent à portée de tir. Aussitôt, les volées se mirent à pleuvoir. Mais les Lancastriens étaient aveuglés par les flocons qu'ils recevaient dans les yeux et un violent vent contraire limitait la portée de leurs tirs. Les flèches touchaient peu les Yorkistes, tombant trop court ou avec trop peu de force pour percer systématiquement les brigandines et les tuniques matelassées. Sur les Lancastriens, en revanche... Les traits s'abattaient en sifflant, se fichant dans les poitrines, traversant les mains, crevant les yeux, perforant les gorges, faisant jaillir des gerbes écarlates des artères sectionnées, brisant les os... Les hommes tombaient de tous les côtés, en si grand nombre que le sol semblait trembler sous leurs pieds. Oui, seul un tremblement de terre les aurait renversés avec la même terrible efficacité. Les corps s'amoncelaient ; des flaques rouges imprégnaient la neige... Des brèches apparaissaient partout dans les lignes lancastriennes, s'étendaient, devenaient béantes, se changeaient en gouffre... Le vide les dévorait. Les archers yorkistes enchaînaient les volées meurtrières, vidant leurs carquois, ramassant les flèches ennemies tombées à leurs pieds et les retournant dans la gorge de leurs expéditeurs.

Ingram, à quoi pensais-tu tandis que tu assistais au massacre de ceux de ton camp ? La visière relevée, tu plissais les yeux, espérant que ton regard allait traverser la tempête pour tenter de voir si les Yorkistes subissaient le même carnage. Derrière l'écran de flocons, peut-être distinguais-tu la silhouette monstrueuse de leur armée.

L'évidence finit par s'imposer. Les flèches des Yorkistes tombaient toujours aussi nombreuses...

Ulcéré par ce massacre et se voyant contraint d'y mettre un terme, Henri Beaufort, le chef des forces lancastriennes (à qui Henri VI avait délégué le commandement, car il n'était pas homme de guerre et avait décidé de ne pas se rendre sur le champ de bataille), donna l'ordre aux rescapés de son avant-garde et au corps principal de se porter en avant pour affronter les Yorkistes au corps à corps.

Des milliers de combattants – archers, chevaliers démontés, gens d'armes, guisarmiers, hallebardiers, vougiers, piétons armés d'épées et de haches de bataille, mercenaires germains, suisses, français, irlandais ou écossais… – traversèrent les étendues de cadavres et pressèrent le pas, lançant des cris de guerre et agitant leurs armes. Une dernière volée les accueillit de plein fouet, claquant contre les cuirasses, puis les archers yorkistes se replièrent, tandis que leurs propres troupes rompues au corps à corps marchaient à la rencontre de leurs adversaires. Les Yorkistes avaient obtenu ce qu'ils voulaient : les Lancastriens abandonnaient leur position défensive sur les hauteurs.

Ingram MacEnnen et les siens se trouvaient maintenant dans les premiers rangs. Il avançait avec courage, comme ses ancêtres avant lui. En cet instant, il était encore semblable à eux et à tant d'autres hommes… Mais, sous peu, il allait révéler une facette de lui-même qu'il ignorait peut-être, d'ailleurs. Cette facette que j'avais entrevue quelque temps plus tôt et dont j'avais déjà décidé qu'elle constituerait le point d'orgue de la partie de mon chant consacrée à cette bataille.

Avance, avance plus vite…

12

Les deux masses se heurtèrent et s'entremêlèrent au milieu des flocons tourbillonnants. Les dizaines de milliers de soldats s'agitaient avec frénésie et la mêlée ressemblait à la charogne d'une gigantesque créature dans laquelle frétillaient en nombre infini des petits vers argentés. Hurlements, exhortations, fracas des armures que broyaient les marteaux de guerre, entrechoquement des armes, agitation des pertuisanes, des vouges, des couteaux de brèches, des fauchards… Mon esprit se faufilait à toute allure entre les silhouettes, bondissait d'un visage à un autre… J'allais ici ou là afin de voir de mes propres yeux, et toujours je revenais à Ingram. Les MacEnnen dévastaient tout sur leur passage. Ingram criait : « En avant ! En avant ! » Ils progressaient dans la masse des Yorkistes comme la pointe d'une lance s'enfonce dans le flanc d'un sanglier qui tente de riposter par des coups de défense. Au coude à coude, Ingram, ses capitaines, ses vassaux et ses gardes du corps offraient une vision effrayante. Des armures germaines ou milanaises les protégeaient de pied en cap. Celle d'Ingram était la plus spectaculaire, fabriquée à Innsbruck, de style gothique, avec ses lignes anguleuses qui écorchaient le regard. Prédateurs recouverts d'acier, ils brisaient les hampes avec lesquelles on les menaçait, fauchaient les vies, repoussaient leurs adversaires, avançaient irrésistiblement…

Lentement, les Yorkistes se mirent à reculer. Je fus la première à le voir. Je rejoignis aussitôt Édouard IV, pour guetter ses réactions. Celui-ci réalisa que son armée, ployant sous le nombre, était refoulée. Heurtée de flanc par la charge de cavaliers placés en embuscade, sa gauche battait en retraite tout en perdant des groupes de fuyards. Elle ressemblait à un mur qui se lézarde et s'effrite. Si elle poursuivait son mouvement rétrograde, elle serait chassée du sommet du plateau sud, entamerait un glissement le long de la pente et se disloquerait pour se transformer en une avalanche de déserteurs… Édouard IV ne montra aucun signe de frayeur. Il se rendit en ce point critique et vint combattre au côté de ses hommes. Son arrivée spectaculaire – le roi en personne, ses proches, ses gardes du corps, ses bannières personnelles… – fut saluée par des cris de joie et la gauche des Yorkistes se raffermit.

Ingram et les siens progressaient sans le savoir vers ce souverain. Quelle gloire c'eût été pour les MacEnnen s'ils avaient réussi à jeter à terre le roi York! Parfois, on parvient à quelques pas seulement du triomphe…

Mais la situation se modifia, le vent de la victoire fit volte-face et se mit à souffler en sens inverse. Le duc de Norfolk atteignait enfin le champ de bataille avec ses troupes, ami des York, fort en retard mais pas au point que tout fût perdu pour son camp. Ses six mille combattants, frais et impatients, se jetèrent avec ardeur sur le flanc gauche ennemi, qui commença à se désagréger. Si les Lancastriens n'avaient pas été forcés d'abandonner leur position dominante, l'intervention de Norfolk n'aurait jamais été aussi dévastatrice… Ironie du sort – c'est-à-dire humour de Dieu –, Henri Beaufort, le meneur des Lancastriens, se trouvait dans la même situation que son adversaire un peu plus tôt. Je me plaçais à ses côtés. La visière du heaume relevée dans l'espoir d'y voir plus clair dans ce chaos, il plissait les yeux. Les traits de son visage se brouillaient sous l'effet de la confusion. Il lui fallait réagir au plus vite, mais il tournait la tête de part et d'autre… « Où est Lord Dacre ? » « Mort, Votre Grâce ! » « Pourquoi le comte de Nothumberland ne tient-il pas mieux ses troupes ? » « Lui aussi a péri, Votre Grâce ! » « Que la moitié de nos réserves se porte sur notre gauche pour repousser ce maudit Norfolk ! Et que l'autre moitié rejoigne notre droite et nous arrache la victoire ! »

Ah, Henri Beaufort, que racontais-tu ? Tu avais déjà employé la majorité des combattants de ton arrière-garde, si bien que tu donnais des ordres à des morts et à des fuyards… L'armée des Lancastre commença à se désagréger sous ses yeux. Il avait beau exiger, promettre, menacer, crier, implorer, envoyer ses nobles les plus illustres tenter de ramener la confiance, rien n'y faisait : ses hommes lui filaient entre les doigts comme du sable.

Et ce fut la débâcle.

13

Les Yorkistes, galvanisés par leur triomphe, s'élançaient à la poursuite des fuyards. À leurs yeux, ce n'étaient plus des flocons qui tombaient, non – regardez ! regardez ! –, c'était une pluie de roses blanches, un déluge de roses d'York !

Les Lancastriens se disséminaient dans toutes les directions. Des groupes se dissimulaient dans Renshaw Woods, Castle Hill Wood... Des noms de forêts ? Oui, mais des noms de cimetière, aussi, car les Yorkistes les y piégeaient et massacraient ceux qu'ils débusquaient... D'autres espéraient gagner le village de Towton pour s'y retrancher. La plupart tentaient un peu partout de traverser la rivière Cock. Cependant, ce jour-là, la Cock était d'humeur joueuse... Ici, elle laissait passer une ribambelle d'archers sans arcs et sans casques ; là, elle happait des fugitifs dans un gouffre, et ceux-ci lui tiendraient compagnie à jamais, écouteraient docilement les légendes chuchotées par ses courants... La Cock recelait de méchantes surprises. Elle était plus profonde qu'on ne se l'imaginait. Et son eau glacée... Les hommes poussaient des cris en s'y plongeant; ils avançaient péniblement; des flèches s'abattaient sur eux, sifflant la mort; ils se bousculaient, trébuchaient, se faisaient piétiner, se noyaient... L'eau encore hivernale absorbait leur vie pour se réchauffer un peu.

Je rejoignis Ingram, qui s'efforçait de conduire les siens à l'abri. Mais des MacEnnen, il n'y en avait plus guère autour de lui. Les uns étaient morts, les autres égarés ou en train de sombrer dans la Cock. Les Yorkistes avaient fait venir des chevaux depuis leurs arrières. Leurs cavaliers s'abattaient sur les fuyards, brisant les têtes, embrochant, tranchant les mains levées pour les implorer...

À bout de souffle, Ingram gagna un bois. Seul, perdu. Des Lancastriens et des MacEnnen se trouvaient également dans cette forêt, mais aussi des Yorkistes. À travers les feuillages, il apercevait des silhouettes lancées en pleine course. Certaines s'effondraient, sans qu'il pût dire si elles avaient glissé sur la neige ou si une flèche les avait atteintes... Parfois, d'autres personnes surgissaient et l'on s'entretuait. Ingram se frayait un chemin à travers les branchages, les troncs, les racines et les buissons. Voulait-il rejoindre quelqu'un qu'il s'égarait plus encore...

Il atteignit une clairière et s'immobilisa face à sept Yorkistes déployés en ligne, filet aux mailles solides. Quelques poissons lancastriens finissaient de frétiller à leurs pieds. Enfin ! Telle était la scène dont j'avais eu la vision dans mon loch. Ingram, j'allais maintenant mieux te connaître...

Auréolés de leur triomphe, les Yorkistes avaient fière allure. Deux hallebardiers, en brigandine, deux hommes d'armes et trois cavaliers, deux *prickers*, légèrement équipés, et un noble en armure gothique dont le casque était surmonté d'un cygne noir. Deux hérons qui frappaient de leur long bec, deux aigles et deux vautours qui achevaient les blessés, tous obéissant au cygne funèbre.

Ayant reçu l'ordre de ne pas faire de quartier, le chevalier chargea Ingram, qui brandissait son épée. Celui-ci parvint à parer l'attaque du marteau de guerre, fut néanmoins percuté par le poitrail du destrier et tomba tout en frappant l'animal à la jambe, au jarret. La monture s'effondra en hennissant, bascula sur le côté, roula sur le dos en écrasant son cavalier et se retrouva sur l'autre flanc, tentant piteusement de se relever. Les deux hallebardiers se ruèrent sur Ingram, qui se redressa et s'élança à leur rencontre. Au dernier moment, il esquiva, dévia la hampe de son adversaire le plus proche et lui traversa la gorge de son épée. Il repoussa aussitôt l'agonisant sur son compagnon pour déconcentrer celui-ci avant de lui broyer le crâne. Il cria quand la lame d'une épée se glissa entre ses protections d'acier pour le blesser à l'articulation du coude gauche. D'un revers, il asséna un coup si brutal sur le casque de cet assaillant que celui-ci tituba et s'écroula. Tirant profit de la confusion, l'un des *prickers* le chargea. Mais le seigneur des MacEnnen avait anticipé cette attaque. Il évita la lance et trancha l'un des postérieurs du cheval, envoyant pêle-mêle cavalier et monture disparaître à grands fracas dans des fourrés. Le second *pricker*, ayant observé sa façon de combattre, attaqua à son tour, visant la gorge. Mais, au dernier moment, il abaissa sa lance. La hampe éclata sous le choc, laissant la pointe enfoncée dans la cuisse d'Ingram, dont le cuissard avait été percé. Ingam hurlait de douleur et de rage, animal blessé par la morsure d'un prédateur et qui garde encore un croc planté dans la chair. Il avait lâché son épée ; il ne pouvait plus bondir de part et d'autre pour esquiver… Mais il trouva encore la force de se jeter sur l'homme d'armes qui venait l'achever. Il le ceintura et tous deux tombèrent dans la neige. Je ne comprenais pas comment il parvenait à résister ! Tant d'autres se seraient laissés mourir… Sa détermination m'émerveillait. Pourquoi n'avais-je pas été animée par cette même flamme le jour de la Grande Révolte ? Pourquoi ne m'étais-je pas élancée aux côtés des anges rebelles ? Je ne manquais pas de courage, certes non. Je n'avais pas eu peur. Mais il m'avait manqué *quelque chose*… Quelque chose qu'Ingram possédait. Une qualité que je ne réussissais même pas à définir, une sorte de conviction profonde… Ils roulaient dans la neige, laissant une traînée écarlate, mais, moi, je les voyais comme deux anges s'affrontant. Ou plus encore ! Je me plaisais à imaginer que c'était moi qui étais là, à terre, en train de me battre. Et c'était Dieu que je malmenais ainsi. Cette danse macabre roula et roula encore dans la neige en sang. Soudain, une main brandit une dague et la faufila entre le gorgerin et le plastron de son adversaire. L'attaque fut fatale. Ingram tenta de se relever… Ah, avec quelle intensité je le contemplais ! Le dernier Yorkiste hésitait. Il était indemne et aguerri, possédait un cheval… Mais il tergiversait tandis que sa main gantelée faisait effectuer de lents moulinets à son épée. Il décida qu'il était temps pour lui de rejoindre les siens et tourna bride. Avait-il eu la chance de percer le secret de ce feu intérieur qui animait Ingram ? Si oui, était-ce pour cette raison qu'il avait eu peur de ce blessé ? Alors que celui-ci, affaibli, maladroit, couvert de sang et d'eau de neige, ressemblait plus à un nouveau-né qu'à un combattant ?

Péniblement, Ingram alla ramasser son épée. Les empreintes de ses pas, bleutées et parsemées de taches vermeilles, tranchaient sur le blanc intense de la neige. Déjà, les flocons recouvraient les cadavres et les blessés inconscients. Le monde semblait s'effacer, se dissoudre, se changer en un nuage évanescent. Ingram essayait se reprendre ses esprits, de retrouver le nord…

Je venais de voir se produire ce que ma vision m'avait prédit. Dieu avait décidé qu'Ingram arriverait dans cette clairière pour y affronter ces ennemis. La combativité et la haute ténacité du seigneur des MacEnnen avaient amené le Seigneur à déterminer à l'avance qu'il triompherait de cette épreuve. Mais ce qui devait arriver était arrivé. Maintenant, il n'y avait plus de prédestination, le Seigneur avait rendu Ingram à sa liberté d'homme. Désormais, tout allait dépendre des choix d'Ingram et de ceux des dizaines de milliers d'autres individus emportés dans la folie sanglante de cette fin de bataille. Tout était susceptible d'advenir. Le seigneur des MacEnnen pouvait vivre, comme il pouvait mourir.

Mon esprit l'abandonna pour se faufiler dans les bois. Sur un sentier, je découvris d'autres Yorkistes qui allaient bientôt déboucher dans la clairière, une colonne de hallebardiers et de gens d'armes qui s'étirait comme un long porc-épic aux épines ensanglantées. J'évoluais plus vite encore, dépassant les troncs à toute vitesse, agitant les branchages comme un vif coup de vent, laissant dans mon sillage des remous de ramures. Je survolais des mêlées confuses, frôlai un instant un archer en larmes tapi sous un buisson, dépassai des hommes qui couraient et embrochaient ceux qu'ils rattrapaient… Tantôt je m'élevais au-dessus des cimes des sapins dans l'espoir d'apercevoir au loin ce que je cherchais, tantôt je replongeais dans la forêt et je reprenais ma course. Enfin je repérai un cheval. Son cavalier, lancé au galop sur un chemin, faisait un carnage des Lancastriens. Sa lance de charge les transperçait les uns après les autres, telle une aiguille enfilant des perles de chair avant de les abandonner aussitôt. Je me plaçai devant la monture et me rendis visible. L'étalon, m'apercevant soudain et pressentant ma véritable nature, se cabra en hennissant. Le chevalier fut précipité à terre et s'enfonça dans un linceul de neige. Je disparus à nouveau et vins murmurer à l'oreille du destrier. Je connaissais les secrets des langages des bêtes. Je lui parlais et lui fredonnais une mélodie apaisante qui, peu à peu, mit un terme à ses ruades emballées. Je m'éloignai de lui, et il trotta dans ma direction, pour continuer à entendre mon chant. Ainsi, le bruit de ses pas toujours dans le sillage de ma voix, je le guidai jusqu'à Ingram.

Quand je le rejoignis, Ingram était toujours dans la clairière. Il bougeait peu. Les flocons l'avaient transformé en statue de neige à la cuisse et au coude écarlates. Je le caressai de mon souffle glacé, chassant la neige et son engourdissement. Il vit son salut et boita jusqu'à l'étalon auquel je chuchotais de ne pas avoir peur. Seule cette bête m'entendait, car je voulais qu'Ingram ignore que j'étais venue à son secours. Mon champion blessé lui caressa le cou et entreprit de la monter. Mais il tardait trop. La colonne ennemie approchait. Allait-il mourir du simple fait des hasards de la vie ? Si une telle éventualité se produisait, je me montrerais au loch de Fawchry et j'y chanterais en même temps qu'il succomberait dans ce lieu perdu. Telle était la coutume qui s'imposait à moi : chant prémonitoire nocturne pour les morts décidées par Dieu, chant d'accompagnement des derniers instants pour celles imprévues... Mais de cela, pour Ingram, je ne voulais point !

Je regagnai les bois. Je voulais à nouveau agir sur le cours des évènements. Mais je n'y parviendrais que si Dieu n'avait rien décidé à ce sujet. Si l'une de mes tentatives était susceptible de modifier ses choix, elle serait dans l'incapacité de s'accomplir, n'aurait aucun effet. C'était comme si je m'étais déplacée dans une forêt invisible dont chaque arbre représentait une décision du Seigneur. Chacune de mes interventions était pareille à une série de pas. Si Dieu n'avait rien prévu, mon parcours se déroulerait sans heurt. Mais si je percutais un tronc, ma marche serait brisée net tandis que l'arbre ne cillerait même pas.

Parallèlement aux Yorkistes du sentier, des Lancastriens affolés couraient dans les bois comme le feraient des ivrognes s'ils le pouvaient. J'apparus à eux, semblant sortir de derrière un fourré. Par magie, j'avais altéré mon apparence, l'enlaidissant pour la rendre plus humaine. À leurs yeux, j'étais une belle jeune femme, sans doute une villageoise de Towton ou l'une de ces maîtresses de soldat qui suivaient les armées.

– Par là, par là ! Il y a un chemin !

Je leur désignais leur mort, mais ils firent confiance à ma beauté et à l'hypocrite douceur effrayée de ma voix. Ils se lancèrent dans cette direction le plus vite possible et tombèrent sur la colonne des Yorkistes qui abaissa ses guisarmes, pertuisanes et hallebardes, et les accueillit en les embrochant. Le combat fut bref. Mais les Yorkistes interrompirent leur progression et adoptèrent une position défensive. Ils étaient persuadés que d'autres Lancastriens allaient survenir, sinon comment expliquer la folle audace de cette poignée-là ? L'un des assaillants, à terre, les mains sur les entrailles, tourna son visage dans ma direction. Il murmura : « Pourquoi ? »

Pourquoi ? Mais parce que tu n'étais pas Ingram.

Je retrouvai Ingram, enfin hissé sur le cheval et déjà

sur le point d'en tomber. Je plongeais mes paroles dans l'esprit de cette bête et elle se mit au trot. Ranimé par le mouvement, son cavalier serra plus fermement les rênes. Alors je criai à sa monture :

– Fuis la mort !

Ma voix impérieuse la lança dans un galop éperdu. « Au nord, au nord, au nord ! » chantais-je.

Notre cavalcade jetait sur les côtés les soldats en déroute encombrant le sentier. Nous jaillîmes hors du bois et traversâmes une plaine blanche balayée par une marée de fuyards dans laquelle des cavaliers adverses traçaient des sillons sanglants. Je nous dirigeai vers un gué et la Cock éclaboussa de mille eaux notre passage. Nous contournâmes Tadcaster, dans les rues duquel de nombreux Lancastriens hurlaient et tapaient du poing aux portes closes tandis que la cavalerie yorkiste les piétinait. Notre course se poursuivit longtemps. Quand le destrier faiblissait, je lui chantais la beauté de mon loch, aux eaux sombres lovées entre des pics granitiques, mais qui, hélas, se situait plus loin encore au nord. Alors, il accélérait à nouveau, comme s'il courait après le paradis.

Lorsqu'il devint clair qu'Ingram, à bout de force, ne pouvait plus chevaucher, je mis la bête au pas et la conduisis dans un bois. Towton était maintenant loin, mais les Yorkistes semblaient prêts à galoper vers le nord jusqu'à se retrouver avec les cuisses pataugeant dans l'océan Atlantique… J'arrêtai le cheval au point le plus profond, le plus secret. Ingram mit pied à terre et s'allongea pour sombrer aussitôt dans le sommeil.

Sa monture s'immobilisa, le cou si abaissé que ses naseaux frôlaient la neige. On eût dit un Atlas équin supportant le monde sur sa tête. Les flocons chutaient en nuées, comme les rêves morts des Lancastre. Leur nombre était tel qu'une partie d'entre eux s'insinuaient entre les branchages et venaient recouvrir Ingram. Juste à côté de lui se dressait un immense sapin, si haut qu'il en dominait tout le bois dont il constituait le cœur. Les hommes le croyaient séculaire, mais il était autrement plus ancien. Je m'adressai à l'ange que Dieu avait exilé dans cet arbre.

– Ma sœur, ou mon frère, je te prie de bien vouloir veiller sur cet homme…

Le déchu qui demeurait ici ne me répondit pas, craignant la Colère de Dieu ou ne voulant peut-être pas raviver les souvenirs du passé. Mais des ramures se déplacèrent et Ingram se retrouva à l'abri, dans le sanctuaire d'une cathédrale d'épines.

14

Quand Ingram regagna enfin son domaine, de sa belle armée il ne restait plus qu'une trentaine de combattants désemparés. Durant son sommeil, j'avais ôté d'une caresse le fer de lance plongé dans sa cuisse, ce petit éclat de mort, ce fragment des rêves brisés des Lancastre qui avaient perdu vingt mille hommes en une seule journée, et vu vingt mille autres des leurs se rallier aux York les jours suivants…

Tandis qu'il demeurait jour et nuit dans son lit à baldaquin, veillé par ses proches, le monde s'agitait en une tempête qui tourbillonnait autour de notre loch sans toutefois le toucher. La Maison de Lancastre ne s'avouait pas battue. Henri VI et son épouse, Marguerite d'Anjou, disposaient encore d'alliés. Ils offrirent – ou promirent d'offrir – une partie de ce qu'ils avaient perdu en échange d'un soutien pour la reconquête du pouvoir. À l'Écosse la ville tant convoitée de Berwick, à la France les îles anglo-normandes… Disposais-tu de soldats ? Ils te proposaient Douvres, Canterbury, Hastings, Rye, Leeds Castle et Rochester !

Que ton armée les aide à reprendre la capitale et tu deviendrais roi du Kent ! Ou roi du pont de Londres, car Édouard IV y exposait, fichées sur des pieux, les têtes de ses ennemis…

Le jeune Jacques III d'Écosse s'allia aux Lancastre, les Français finirent par promettre une petite troupe, une partie du pays de Galles se souleva… Les Écossais pénétrèrent en Angleterre et, aux côtés des Lancastre, assiégèrent des châteaux, menacèrent Carlisle et Durham… Mais les York les battirent à plusieurs reprises.

Peu à peu, Ingram recouvra ses forces. Un jour, ne chancelant plus – ou à peine –, il gagna sans aide la haute cour. Le château acclama sa guérison en une ovation à laquelle j'associai mon sourire. Le clan avait à nouveau un chef capable de mener les siens au combat. Les clans rivaux l'apprirent et se firent moins menaçants. Leurs messages de félicitation parvinrent en nombre, suintant de dépit et de haine.

Une fois rétabli, la première chose qu'accomplit Ingram fut de se rendre à pied à l'église de Dolham. Choix bien étonnant et qui en disait long…

Longtemps avant la venue des hommes en ces lieux, j'avais fait naître une forêt qui s'étendait aujourd'hui au nord de mon loch. Ayant gardé le souvenir des enchanteresses étendues boisées de l'Éden, j'avais voulu recouvrir intégralement le monde de forêts. Je revoyais ce jour-là avec une netteté étonnante. Je me tenais sur le rivage. Je lançai mon incantation et les arbres jaillirent du sol, propulsant autour d'eux des monceaux de terre et de pierre dans un tumulte fracassant. Sapins ! Épicéas ! Hêtres ! Hêtres pourpres ! Frênes ! Chênes ! Tilleuls ! Pins ! Cèdres ! Cyprès ! Sureaux ! Peupliers ! Ormes ! Mélèzes ! Bouleaux ! Saules ! Aulnes ! Aubépines ! Ifs ! Érables ! Ma vague végétale filait à toute allure. Rien ne lui résistait ! Le sol se déchirait, volait en éclats et retombait sens dessus dessous avant d'être projeté à nouveau vers le ciel. Les galets ricochaient comme si les racines avaient été de longues mains filiformes les lançant au loin. Les rochers étaient refoulés, encore et encore. La pente ascendante du premier mont fut recouverte à la vitesse d'un galop, le sommet conquis, et ma coulée verte dévala l'autre versant plus vite encore, telle la lave végétale d'une éruption née de mes pensées. Je crus bien que j'allais triompher. J'imaginais déjà les enchevêtrements infinis des racines absorbant goulûment l'eau des océans et les arbres continuant à se dresser, transformant en mangroves les fonds marins devenus marais. Le monde deviendrait semblable à un joli galet moussu. Au cœur de cette forêt gigantesque se trouverait mon loch, œil bleu fixant le ciel, guettant la réaction de Dieu quand celui-ci découvrirait ce que j'avais fait de l'une de ses créations.

Hélas… Sur le troisième mont, la progression de la végétation ralentit ; sur le quatrième, seuls quelques arbres dispersés s'érigèrent à l'appel de ma magie ; au cinquième, elle cessa. Mes pouvoirs n'étaient plus ceux d'antan… Et plus je voulais les faire agir loin de mon loch, plus ils s'affaiblissaient.

Ainsi, de ma colère naquit seulement la forêt de Dolham.

En ces hautes terres d'Écosse, où ne poussait le plus souvent que la lande, la présence de cette forêt – de loin la plus dense de tout le pays – prouvait que ce lieu était à part. Quand vinrent les hommes, ils devinèrent que j'étais à l'origine de ce miracle. Durant des siècles, des cultes eurent lieu dans ces bois, cultes qui m'étaient consacrés. Lorsque les premiers prêtres chrétiens arrivèrent ici, ils entreprirent d'évangéliser le clan. Mais ils eurent beau exiger des nouveaux convertis qu'ils abandonnent leurs cérémonies « païennes » dans les clairières ou au pied des chênes et des frênes, celles-ci perdurèrent. Alors, au lieu de s'obstiner à tenter d'effacer l'ancienne religion, les prêtres suivants la recouvrirent d'un vernis chrétien. Les habitants des lieux continuaient à penser que cette forêt était sacrée ? Les prêcheurs de cette nouvelle foi y érigèrent l'église de Dolham, sur le sommet défriché de l'un des monts. Les arbres que l'on vénérait furent abattus et devinrent les rondins de ses murs ou sa charpente. On la distinguait de loin, silhouette sombre flottant dans le bleu imprécis de l'horizon.

Les prêtres réglèrent ainsi la question des bois. Quant à mon sujet, ils furent plus habiles encore. Puisque l'on me révérait comme une divinité féminine, ils songèrent que les habitants de ces lieux adopteraient plus facilement le culte d'une femme. La Vierge ! Apparut alors l'histoire de Sainte Ailis.

La voici telle qu'on la raconte aujourd'hui. Ailis était une villageoise de Fawchry. À l'époque, elle faisait partie des rares personnes à s'être converties au christianisme. Sa beauté attira l'attention d'un druide nommé Etig. L'homme se mit à la poursuivre de ses assiduités. En pure perte. Un jour, il se précipita sur elle, alors qu'elle cueillait des baies le long des berges du loch. Ailis courait et criait, mais ils se trouvaient éloignés des habitations. Sentant les forces l'abandonner, entendant les pas de course de son assaillant se rapprocher, Ailis joignit les mains et implora la Vierge de lui venir en aide. Celle-ci se manifesta alors, dans toute sa grâce auréolée de lumière, et, d'un geste de la main, fit surgir de terre la forêt de Dolham. Ailis s'engouffra dans les bois et s'y cacha, tandis qu'Etig, stupéfait, n'osait s'y aventurer pour la traquer. Quelque temps plus tard, le druide se vengea d'odieuse manière. Parce que les oies sauvages étaient peu nombreuses, la chasse mauvaise, la pêche indigente, les récolte décevantes, Etig organisa une grande cérémonie, à l'issue de laquelle il pratiqua un sacrifice humain pour apaiser les dieux. Ailis, pieds et poings liés, fut précipitée dans une tourbière. La boue brune l'avala, telle la bouche, affleurant à la surface, de quelque ver de terre cyclopéen dont le corps annulaire s'étirait dans les entrailles du monde. Juste avant de la pousser, Etig lui murmura : « Quelle tristesse pour toi que tu n'aies jamais connu d'amant, puisque c'est une vierge qu'il nous faut sacrifier… » Mais Ailis avait également été choisie parce qu'elle était chrétienne, ce qui, selon les druides, offensait les dieux. Le miracle de l'apparition de la Vierge et du jaillissement de la forêt de Dolham, le martyre d'Ailis, sa canonisation, tout cela contribua à la propagation de la foi chrétienne.

L'histoire était en partie vraie. À ceci près que la Vierge ne s'était jamais montrée. Quant à la forêt de Dolham, elle existait bien avant cette date et c'était à moi qu'on la devait ! Cependant, dans les esprits, la légende de Sainte Ailis se para des couleurs de la réalité. Car la mémoire des hommes est changeante, infidèle. Elle brode, fabule, oublie, inverse, remanie, transforme, embellit les uns aux détriment des autres, fragmente un tout cohérent pour en disperser les morceaux, relie au contraire ce qui n'a pas lieu d'être, déplace les lieux, permute les dates, altère les motifs des actes, modifie les propos ou en trahit l'esprit... Peut-être était-ce justement pour cette raison que mon chant était crucial pour les MacEnnen. Il perpétuait l'authentique, l'indiscutable, l'inaltérable souvenir de leur passé.

Quoi qu'il en soit, en dépit de la popularité de l'histoire de Sainte Ailis, la Vierge ne parvint pas à me faire oublier.

Voilà pourquoi le clan MacEnnen était placé sous le patronage d'une « femme » qui, en fait, en désignait deux, la Vierge et moi.

Or donc, à peine rétabli, Ingram ne se rendit pas à l'église du château, accolée à l'ancien donjon et dont les pierres grises, usées par les intempéries, semblaient être de la même texture que les nuages des jours d'automne.

On crut alors qu'il gagnerait Trellowny, la capitale de la seigneurie des MacEnnen, pour rendre grâce à Dieu dans la cathédrale Notre-Dame. Cette dernière rivalisait en taille avec celles d'York et de Canterbury ! Ses deux clochers étaient si élevés qu'on se plaisait à raconter que, de loin, on les prenait pour des pics des Highlands. Folie de pierre, déraison des puissants… Mais j'étais indirectement à l'origine de ce prodige. Par le passé, des clans rivaux avaient utilisé un prétexte religieux pour attaquer les MacEnnen. Ils prétendaient que ceux-ci n'étaient pas chrétiens, qu'ils continuaient à prier en secret la « déesse païenne du loch de Fawchry »… La cathédrale de Trellowny avait alors été érigée, telle une fleur de pierre dont la lente éclosion avait nécessité un siècle et demi pour atteindre sa plénitude. Si je n'avais point existé, n'importe quelle église eût suffi. Si bien que cette cathédrale était aussi la mienne. Les fidèles y vénéraient la Vierge. Mais des sculpteurs, désireux de s'attirer ma bienveillance, avaient orné les chapiteaux des colonnes d'inhabituelles éclaboussures dans lesquelles bondissaient des poissons. Dans les vitraux, les bleus prédominaient : saphir, turquoise, plombé, bleuet, bleu roi, bleu nuit, marine, paon, cormoran, chardon, ardoise, bleu de Chartres, ardoise, lapis-lazuli, aigue-marine… Depuis les grandes baies géminées tombaient des lumières colorées pareilles à de silencieuses cascades animées par les rayons du soleil et le sol était recouvert de reflets bleutés. Si bien que l'on pouvait percevoir ce lieu de deux manières opposées. Le puriste chrétien y voyait un sublime lieu de prière, la « Cathédrale Bleue ». Mais il était également possible de le considérer comme un loch de pierre, de verre et de lumière. Chez tout MacEnnen digne de ce nom coexistaient ces deux regards.

Mais Ingram n'alla pas à Trellowny. Dolham fut l'église qu'il choisit. La vieille petite Dolham, qui ne servait plus qu'aux villageois des montagnes.

Accompagné de sa suite, il s'enfonça à cheval dans la forêt. Plus tard, sa silhouette apparut en contrebas de l'édifice. Là où il fallait défricher chaque année car la forêt tentait continuellement de reconquérir le terrain perdu. Le jour où les hommes baisseraient enfin les bras, mes arbres surgiraient de sous les fondations, se hisseraient droits et drus, perceraient le toit pour apercevoir le ciel et l'église volerait en éclats. Pour mon plus grand plaisir. Ingram acheva son parcours à pied. Je le vis disparaître à l'intérieur, suivi par une vingtaine de proches. Il avait choisi Dolham ! Dolham qui se trouvait au cœur de ma forêt et depuis laquelle on avait une vue magnifique sur mon loch aux contours déchirés. Il avait deviné que je n'étais pas étrangère au fait qu'il ait survécu à la tuerie de Towton. Et il me le faisait savoir. Ses prières iraient à Dieu, au Christ, à la Vierge mais ses pensées seraient pour moi !

Il était tiraillé entre le ciel et mes eaux bleutées qui miroitaient en contrebas, comme je l'étais entre les anges et les hommes.

15

Quelques jours plus tard, Ingram et les siens vinrent chasser dans la forêt de Dolham. Leur flamboyant cortège filait au galop sur les sentiers, sonnant du cor, criant pour exciter les montures, riant, pressant les chiens qui aboyaient furieusement... Ces bruits se répercutaient d'arbre en arbre, envahissaient l'espace... Violence et vacarme. Les animaux fuyaient ce monstre féroce aux cent têtes de chiens, d'hommes et de chevaux. Les oiseaux – grouses, grives, bécasses, bécassines, hérons, grues, alouettes, canards, faisans, perdrix... – s'envolaient en nuées, poussière multicolore soufflée vers le ciel. Les rongeurs et les lapins plongeaient sous les fourrés ou se terraient au fond de leurs terriers. Mais le grand gibier, lui, n'avait d'autre salut que dans la course.

Je me rendis dans une clairière proche du rivage. Cette forêt constituait une sorte d'émanation de mon loch, une extension végétale de celui-ci. Il m'était donc possible d'y évoluer, jusqu'au premier mont seulement. Les hommes le savaient et évitaient cette partie des bois, qu'ils nommaient « la forêt interdite ». Aussi les animaux se réfugiaient-ils en ces lieux. Des cerfs, des chevreuils, des biches et des daims firent irruption dans la clairière. Ils m'aperçurent et vinrent à moi. Les mâles me léchaient les mains, les femelles et les faons glissaient leur tête sous mes paumes. Leurs corps tremblants se pressaient contre le mien, implorant ma protection. Des oiseaux se mêlèrent à eux, et des lièvres, des lapins effarés, des martres, des chats sauvages, des renards à l'éclatant pelage roux… Je percevais l'affolement de leurs cœurs, l'emballement de leurs souffles. Peu à peu, je les apaisais.

Mon esprit rejoignit Ingram. Cavalcade. Le martèlement des sabots meurtrissait la terre, la labourait, traçant un sillon noir à la forte odeur d'humus. Aboiements joyeux et impatients. Les chiens venaient de débusquer un cerf. L'animal courait de toute son âme, libérant sa puissance. Il accélérait, bifurquait soudain, bondissait par-dessus des fourrés… Mais son odeur flottait derrière lui, traînée traîtresse, et ses poursuivants obliquaient dans sa direction, réduisant toujours plus la distance qui les séparait de l'hallali. Ingram, quoique pâle encore, tenait fermement sa lance.

J'hésitais.

Je pouvais laisser faire.

Mais, finalement, j'intervins.

Je chuchotais au cheval d'Ingram. « Ne jamais perdre le cerf… Ce cerf, ne pas le perdre de vue… Toujours le suivre… Le cerf, le cerf, le cerf, le cerf… »

Le destrier prit plus de vitesse. Ingram se retrouva en tête. Les autres cavaliers éperonnaient leurs montures de leurs éperons d'or de chevalier.

Je créai une illusion, un cerf fantôme sur lequel je fis converger les odeurs de tous les cerfs de la forêt de Dolham. Cet animal-leurre – une silhouette presque transparente et trouble comme une étendue d'air qui danse sous un soleil brûlant – apparut aux côtés de son congénère. Il rendit fous les lévriers, les dogues, les talbots, les bigles et les épagneuls qui aboyaient à en perdre la raison, gémissaient, agitaient leurs têtes aux babines inondées de bave, mordaient ceux des leurs qui ne couraient pas assez vite... Subitement, j'ordonnai à la vraie proie de bifurquer vers mon loch tandis que je faisais faire demi-tour à ma créature factice. Les chiens sentirent cet animal magique passer parmi eux. Ils bondissaient pour planter leurs crocs dans sa gorge, tentaient de le mordre aux jarrets, se blessaient les uns les autres... La meute tourbillonna sur elle-même, recouvra sa cohésion et fila en sens inverse, se lançant aux trousses du faux cerf, négligeant le vrai qui, dépouillé de son odeur, avait cessé d'exister pour eux. Seul le destrier d'Ingram, en tête, ne se laissa pas berner. Les autres cavaliers furent pris dans le reflux de la meute. Ce contre-courant cassa leur cavalcade. Les chevaux hennissaient, se cabraient, manquaient jeter à terre leur cavalier, n'obéissaient plus au mors, pataugeaient au milieu des chiens... Eux aussi percevaient la présence du cerf fantôme filant au beau milieu de l'équipage. Trois vassaux parvinrent à se dégager de la confusion et tentèrent de rattraper leur seigneur. Mais je fis se lever un vent vif. Comme repérer un cavalier quand tout s'anime aux alentours ? Comment entendre sa course alors qu'une forêt entière bruisse et que le vent siffle à vos oreilles ? Derrière Ingram, je faisais s'entrecroiser les ramures et enfler les fourrés, masquant sa trace par une succession de voiles végétaux.

Incapable de maîtriser sa monture, il pénétra contre son gré dans la forêt interdite. Ici, les arbres étaient plus nombreux, plus grands, plus fiers encore. Si denses étaient les frondaisons que leurs ombrages ressemblaient à des taches de nuit.

Le cerf parvint dans la clairière; Ingram et son destrier firent irruption à leur tour. Je ne m'étais pas rendue invisible aux hommes. Le cerf et la monture s'apaisèrent, car en ce lieu enchanté je faisais régner l'harmonie. Ils vinrent s'abreuver à la rivière qui nous berçait de son bruissement. Partout, la terre et les eaux se côtoyaient. Des ruisseaux parcouraient les étendues de mousse et venaient se jeter dans mon loch. Celui-ci était proche mais demeurait invisible, dissimulé par les feuillages. Cependant, des avancées de son rivage tourmenté se faufilaient jusque sous les racines des saules pleureurs et des bouleaux.

Ingram me fixait. Lui avais-je vraiment imposé cette rencontre ? Il s'était rendu à l'église de Dolham, puis était venu chasser dans ma forêt. Lequel des deux avait décidé le premier de venir à l'autre ?

Il n'était qu'un humain, certes... Mais je le revoyais faire face à la mort, à Towton. Quelle ténacité, quel acharnement... Ce petit homme qui refusait de tomber... Je m'approchai de lui et, l'attrapant par l'habit, je l'invitai doucement à mettre pied à terre, ce qu'il fit. Je posai mes lèvres sur les siennes. Un frémissement me parcourut; je l'embrassai à nouveau. Lui aussi, bien que troublé par mon étrange nature, se laissait gagner par le désir. Je l'entraînai entre les fourrés et l'allongeai sur un lit de mousse. Alors je donnai libre cours aux sentiments qu'il avait fait naître en moi.

16

Quand Ingram s'en alla, je demeurai allongée au milieu des mousses et des feuillages, contemplant le ciel. J'imaginais que l'azur au-dessus de moi était en réalité l'eau de mon lac, que j'avais englouti le monde sous mon loch.

Mes pensées se portaient sur divers sujets, s'éparpillaient comme des brindilles emportées par les ruisseaux chuchotant autour de moi, se dissipaient. Je songeais à Ingram, à mon corps parcouru du souvenir des sensations qui l'avaient bouleversé… Puis je revis le lumineux visage de Lucifer. Comme il était beau ! Nous le surnommions « le Superbissime. » Longtemps, il avait été docilement soumis à Dieu. Mais il avait fini par en avoir assez. Alors, il s'était mis à tenir des propos nouveaux, étonnants. Il proclamait que nous devions tous être libres. Libres ? Mais ne l'étions-nous pas ? Non, non ! Il nous faisait rêver d'un monde dans lequel chacun serait *véritablement* libre. Plus de Dieu bienveillant mais autoritaire, pas de règles de morale étouffantes, pas de limites autres que le consentement mutuel… Cependant, chaque être aurait à assumer cette liberté et serait responsable de ses actes. La liberté quel qu'en soit le prix. Lucifer ajoutait que celui-ci était toujours élevé. Tel un Icare des anges, il voulait voler à sa guise et porter à ses lèvres la saveur du soleil, même s'il pressentait que cette folie finirait par le conduire à la chute… Dieu ne laisserait pas faire de telles choses, lui objectait-on. C'est vrai, répondait-il. Ceux qui le connaissaient mal croyaient qu'il plaisantait ou qu'il se livrait à des discours philosophiques pour le seul plaisir de la rhétorique. Mais, moi, je fus l'une des premières à deviner qu'un jour, il se révolterait… Il était comme un fils qui veut se détacher de son père et renie les lois que celui-ci lui a inculquées. Ah, son opinion était excessive et il le savait ! Mais avait-il pour autant entièrement tort ? Les hommes, par exemple, se plaignent sans cesse. Pourquoi tel ou tel drame survient-il ? Que faisait Dieu à ce moment-là ? Alors ils blâment le Diable et ils ont raison, mais pas pour les motifs qu'ils croient. Lucifer ne fait pas le mal : il leur a apporté la liberté. Car Dieu fut si éprouvé par la Grande Révolte que, bien que vainqueur, il tint compte d'une partie des exigences des rebelles. Il cessa de tout décider sans cesse, d'imposer systématiquement les évènements à chacun « pour son bien ». Il se contente désormais de prendre telle ou telle décision en fonction de ses desseins impénétrables. Les hommes sont donc en grande partie libres, grâce à ce rêveur idéaliste et utopique de Lucifer. Mais il est vrai que cette liberté, parfois, les détruit.

17

Dès le lendemain, mon amant revint me voir dans la forêt de Dolham. Il chevauchait seul, vêtu d'un justaucorps brodé et d'un manteau écarlate. Je me le figurais comme un fruit rouge – une précieuse et unique fraise des bois – et ce fruit-là, je voulais en faire ruisseler le jus dans ma bouche.

Il surgit dans ma clairière, droit et fier. Il montait un destrier de guerre, une bête à la robe noire dont les reflets étaient semblables à ceux qui parcourent l'acier. Ingram avait percé à jour mon emprise sur son étalon de la veille. D'où le choix de ce cheval farouche, dont je sentais qu'effectivement il me serait plus difficile de l'influencer. Ses magnifiques vêtements révélaient qu'il me désirait encore, mais l'expression de son visage et le tempérament de sa monture m'indiquaient qu'il refusait d'être à la merci de mon amour. Ambivalence… J'étais moi aussi partagée.

– Je viens connaître vos intentions à mon égard, ma Dame, annonça-t-il.

Que lui dire, moi-même j'ignorais la réponse…

L'été prenait doucement la relève du printemps. Sauf dans le bois de Dolham, où mon humeur joyeuse enflammait son ardeur. De toutes parts, des fleurs avaient éclos, peignant mille couleurs sur les étendues vertes des clairières. La lumière me semblait étonnamment intense, elle m'éblouissait, baignait ces lieux et déposait sur toute chose un impalpable pollen d'or. Perdais-je la raison ? Délicieuse folie !

Ah... Mon orgueil n'appréciait guère les élans de mon cœur. Pourquoi un humain ? Mais qui d'autre ? Pourquoi celui-ci ?

On a coutume de croire que ce qui attire deux êtres l'un vers l'autre est ce qu'ils ont en commun. Rien n'est plus faux. En réalité, c'est ce que l'autre a et qui nous manque qui nous fait le désirer. Nous n'évoquons ce que nous partageons que pour mieux dissimuler nos failles. Ingram possédait une qualité que je n'avais pas, cette qualité que je ne parvenais même pas à nommer. Il pouvait combler cette brèche en moi, celle qui m'avait amenée à demeurer neutre le jour de la Grande Révolte, celle qui s'était élargie pour devenir le gouffre dans lequel j'avais chuté.

Des sentiments contradictoires s'affrontaient en lui. Colère, désir, exaltation, inquiétude, méfiance, bonheur, trouble indéfinissable... Aucune de ces émotions ne disparaîtrait. J'espérais seulement qu'au lieu de se combattre en pure perte, elles s'harmoniseraient en un arc-en-ciel.

– Je ne serai pas votre esclave ! me lança-t-il.

– Moi non plus, je ne veux pas de cela.

– Alors que voulez-vous ?

Il était prêt à me charger, bien que ses chances de l'emporter fussent quasi inexistantes. Il préférait mourir plutôt que d'être enchaîné ! Une fois encore, il exhibait cette qualité que je chérissais tant. Elle brillait comme l'unique joyau qui manquait à ma couronne, celui qui se loverait dans ce creux situé au cœur de mon âme.

J'avais un autre choix. Je pouvais l'inciter à m'assaillir. Je le précipiterais alors dans les eaux de mon loch, qui caressaient la berge herbeuse, juste derrière moi. Sa monture serait saisie de panique, se débattrait en hennissant dans des gerbes d'éclaboussures dont les gouttelettes scintilleraient dans la lumière comme des milliers de minuscules soleils. Je le désarçonnerais, l'enlacerais et l'entraînerais dans une danse, là-bas, sous la surface. Mes bras contiendraient ses mouvements. Le bleu nous submergerait, nous envahirait, coulerait en lui. Je compterais les perles qui s'échapperaient de ses lèvres. Il s'apaiserait enfin. Et il demeurerait à jamais à mes côtés, flottant entre deux eaux, timidement agité par les courants, obéissant docilement à mes désirs, tel un pantin de chair.

Mais ce ne serait plus lui…

Il allait bel et bien finir par m'attaquer ! Il refusait de devenir l'âme en peine d'une Belle Dame Sans Merci. Je revoyais en lui Lucifer. Oh, Lucifer, comme tu étais beau lorsque tu avais donné le signal de l'attaque générale, levant brusquement les bras comme pour communiquer un nouvel élan à l'univers. À la vue de ce seul geste, des millions d'anges s'étaient envolés, dissimulant le ciel sous leurs nuées. Tout comme il l'avait fait pour les anges, Dieu avait créé les hommes à son image. Il fallait croire que – à son insu ou en pleine connaissance de cause ? – il avait également mis un peu de Lucifer en eux.

Je lui répondis :

– Je te promets que tu ne seras jamais mon esclave, mon précieux amant…

18

Nous nous retrouvions dans la forêt de Dolham, ce lieu qui incarnait l'interpénétration de nos deux mondes, celui de l'eau et celui de la terre. Désormais familiers l'un à l'autre, nous nous enfoncions en riant dans le secret des bois.

Ingram me caressait le visage et me charmait avec de douces paroles. Je lui faisais découvrir la Nature, lui apprenais la langue des rivières, celle des oiseaux, la sagesse des arbres… Je tressais des herbes pour jeter des sorts et, quand je faisais coulisser les brins pour achever mes nœuds magiques, les oiseaux se mettaient à chanter ou des violettes jaillissaient entre nos corps étendus et se lançaient à la conquête des alentours.

Souvent, avec un sourire ambigu, je le prévenais qu'il subirait la colère de mes enchantements si jamais il s'aventurait à en aimer une autre. Telle était mon unique exigence : la fidélité. Il y répondait par des serments et la sincérité luisait dans ses yeux.

Parfois, je me rendais au château. Quand Ingram me désirait jusqu'à en perdre le sommeil, sa fièvre se propageait à mes eaux et les courants venaient me susurrer ses tourments. J'apparaissais alors à ses côtés et il m'aimait avec une sorte de fureur.

Le clan se mit à prospérer comme jamais auparavant. Il ne s'agissait même pas d'une action volontaire de ma part. Le seul fait que je fusse heureuse retentissait sur ces lieux. La Nature devint plus riche, plus vigoureuse. Les champs fructifiaient. Ma belle forêt de Dolham resplendissait, telle une émeraude illuminée d'un feu intérieur, et le gibier abondait. Les oiseaux migrateurs affluaient désormais dans la région. Les poissons frétillaient dans les lochs et les rivières, si nombreux que le regard du promeneur bondissait de l'un à l'autre jusqu'au vertige. La famine disparut, esprit maléfique incarné en une vieillarde famélique qui s'éloigna en bougonnant, annonçant qu'elle reviendrait un jour, comme toujours. Ingram promulgua de justes lois. Il allégea les impôts afin de partager ses richesses. Des terres désertiques se peuplèrent et se couvrirent de champs ; de nouveaux villages apparurent ; les marchands prirent l'habitude de participer aux foires de Trellowny, dont la renommée s'étendit. Peu à peu, il reconstitua son armée, qu'il équipa à grands frais d'armures de Milan et de Nuremberg. Les soldats étaient fiers de servir un chef qui avait le sens de l'Honneur, s'était battu avec bravoure à Towton et gouvernait avec générosité.

Mais nous demeurions inquiets. Notre union était interdite. Lui se préoccupait des pensées des hommes, qui ne disaient rien mais avaient deviné. Moi, je songeais à Dieu.

J'incitais Ingram à construire, pour se protéger de ses semblables. Sur mon insistance, il lança quatre grands chantiers qui lui coûtèrent une fortune et cinq années de travaux – délai au reste fort court, car ma magie aidait secrètement à la bonne réalisation de cette entreprise. Quatre châteaux placés aux points cardinaux et, située au cœur, la forteresse ancestrale des MacEnnen.

Erann gardait l'ouest. À marée basse, un passage le reliait à la côte déchirée. À marée haute, il n'était plus qu'un îlot aux flancs en falaise autour duquel venaient se fracasser des vagues furieuses, le nimbant de blanc, donnant l'impression qu'il était ceint de nuages éclatant en tempête. Ces fous du clan MacMillar, qui revendiquaient ces terres, l'attaquèrent avant qu'il ne fût achevé. Leurs assauts par voie de terre se brisèrent sous nos flèches et une marée montante plus impétueuse qu'à l'accoutumée précipita dans les flots l'arrière-garde qui couvrait leur repli. Ils tentèrent de nous menacer par voie de mer, mais les courants – traîtres et tumultueux depuis que je les avais enchantés – poussèrent leurs nefs vers les points dangereux, et les panses de bois de ces vaisseaux s'éventrèrent sur les rochers. Ne sachant pas voler, les MacMillar s'en allèrent.

Au nord se dressait Kelleram, perché sur un promontoire rocheux dont les parois étaient des à-pics vertigineux. Il ressemblait à un immense navire de pierre flottant dans les vents des cimes.

À l'est, c'était Demlock, « le verrou de Dem » ou encore « Demlock on Fire », qui étageait ses cinq paliers de défense sur le flanc d'un ancien volcan. On croyait contempler les marches d'un escalier cyclopéen qui avait autrefois permis aux Titans de se hisser jusqu'au ciel pour attaquer les Dieux.

Limelick était un château de plaines, notre incursion dans les Lowlands. Il rappelait à nos puissants voisins du sud que nous avions toujours eu – ou presque toujours eu – de bons rapports avec eux, mais que c'eût été une folie que de voir en notre cordiale amitié la trace d'une faiblesse. J'en avais moi-même tracé les plans. Une double enceinte concentrique aux tours rondes et massives comme autant de donjons. Point d'angles morts. Un tracé intérieur compliqué, entravé par des murs crénelés et des fossés. Ce labyrinthe ralentirait d'éventuels assaillants qui auraient submergé le premier rempart, les égarant et les obligeant à s'attarder au pied du second, qui les accablerait de ses tirs. L'ensemble s'élevait dans des plaines que l'on pouvait inonder en une nuit, en rompant le barrage que nous avions fait élever sur le parcours de la Glendaird, un affluent de la Clyde.

L'eau et les airs en mon honneur, le feu et la terre en celui d'Ingram.

Malgré ce, Ingram et moi continuions à sentir les menaces s'accumuler autour de nous. C'était là le seul sujet dont ni lui ni moi n'osions parler ensemble.

19

La guerre qui ravageait l'Angleterre voyait ses feux s'atténuer. Mais, partout, sous les cendres couvaient les braises. Les Yorkistes dominaient toujours la situation. Jacques III tempéra son soutien aux Lancastriens. Ingram s'apprêtait déjà à s'élancer à leur secours, avec sa nouvelle armée, mais, par bonheur, son roi lui ordonna de ne pas quitter ses terres. Il me tardait que cette guerre civile se terminât. Qu'Édouard IV réussît donc enfin à décapiter Henri VI et Marguerite d'Anjou – cette Amazone qui, en décembre 1460, avait victorieusement conduit une armée au combat avant de délivrer peu après son mari des mains des Yorkistes – ou que cette reine de fer croquât la tête du roi York, à la façon des mantes religieuses, peu m'importait, mais qu'ils en finissent ! Hélas, le parti défait avait toujours la possibilité de se retrancher dans de puissants châteaux ou de se réfugier en Irlande, en Écosse, en Bourgogne ou en France – l'accueillante France qui recevait les vaincus à bras ouverts et les aidait à s'armer à nouveau, car plus les Anglais se tuaient entre eux, moins ils risquaient de revenir sur le sol français, dont ils revendiquaient encore une moitié, sinon les deux…

Justement, Édouard IV refusait de renoncer à ses droits sur la couronne de France. Il souhaitait s'allier avec l'indépendante Bourgogne pour attaquer Louis XI, qu'il considérait comme un usurpateur. Il était prêt à raviver cette guerre franco-anglaise qui avait fait rage pendant plus de cent ans. Henri VI, lui, ne convoitait que l'Angleterre, car la tâche était déjà bien assez vaste… France, Bourgogne, Écosse, Irlande, pays de Galles : tant de pays se mêlaient de cette fratricide guerre anglaise que celle-ci se prolongeait et ne s'éteindrait qu'avec l'annihilation de l'un des deux partis. Ingram évoluait dans un monde changeant, où chaque faux pas pouvait entraîner la destruction des siens.

Un jour, alors que nous reposions dans les bras l'un de l'autre, reprenant nos souffles tandis que nos corps s'apaisaient enfin, je lui dis :

– Pourquoi te soucies-tu des autres ? Tu es entré dans la forêt de Dolham : n'en sors plus jamais… Dans ces lieux, c'est moi qui règne ! J'interdirai au temps de pénétrer dans mes bois. Nous demeurerons éternellement ensemble dans ce paradis.

Oui, voilà ce que je voulais ! Nous deviendrions un Adam et Ève sans Dieu ni Serpent.

Il tourna son visage vers le mien. Les hommes avaient bien changé depuis ma première rencontre avec eux, et le regard que je posais sur eux s'était lui aussi modifié. Du bout des doigts je lui effleurais la joue.

– Non… répondit-il à mi-voix.

Ce refus me gela le cœur ; j'eus l'impression qu'une fine couche de givre recouvrait subitement notre clairière tapissée d'un million de fleurs d'été. Je frissonnais tandis que cette glace invisible s'étendait sur ma peau, m'enveloppait. Ma vie était-elle donc condamnée à n'être qu'un hiver perpétuel ?

– Il n'y a pas que moi… reprit-il.

Il essaya de m'expliquer quelque chose mais je ne le comprenais pas. Il semblait s'exprimer dans une autre langue. Il évoquait la loyauté envers les siens, le sens de l'Honneur, la nécessité d'être prêt à défendre l'Écosse… Tandis qu'il parlait, son visage s'illuminait et je retrouvais dans ses yeux cette détermination qui me troublait tant. Soudain, je perçus enfin le sens profond de ses propos. Il tentait de se conformer à un idéal qui le dépassait. Il voulait devenir « plus que lui ». Voilà quelle était la source profonde de sa combativité, de son extrême ténacité… Je venais de percer le secret de cette mystérieuse qualité qu'il possédait et moi pas. Moi-même, quand j'étais archange, je n'avais jamais songé à m'élever plus encore, puisque je pensais qu'il n'y avait plus rien au-dessus de moi, hormis Dieu. Lucifer, lui, avait réussi à rêver d'un autre monde, un monde absolument libre qui – croyait-il – serait plus beau encore que le paradis dominé par le Seigneur… Voilà ce qui l'avait animé tandis qu'il tramait la Grande Révolte, ce qui avait avivé sa magnificence, ce qui l'avait fait s'élancer à l'attaque de Dieu, ce qui l'avait détruit, fait déchoir et précipité en enfer…

De leur relative petitesse les hommes tiraient la source de leur grandeur. Parce qu'ils partaient d'en bas, ils voulaient bondir vers le Ciel.

Beauté, puissance, savoir, bonheur, plaisirs, adulation, paradis : moi, j'avais tout possédé dès le début de mon existence, sans avoir aucun effort à déployer pour l'obtenir.

Ce feu intérieur qui brûlait en Ingram, au lieu de se propager en moi, se contenta de consumer mes rêves.

20

Quelques années passèrent, source de joie en dépit des nuages qui se massaient à l'horizon.

Le clan continuait à prospérer. Ingram avait gagné la confiance de Jacques III. Il était fort courtisé. Des clans des Highlands et des seigneurs des Lowlands ou d'Irlande lui présentaient leurs héritières. Marguerite d'Anjou, toujours en quête de troupes et désireuse de renforcer son alliance avec l'Écosse, alla jusqu'à lui proposer la main de l'une de ses jeunes parentes, sous-entendant qu'elle était prête à adopter celle-ci, à la reconnaître officiellement pour sa fille… Elle aurait tenté de l'épouser elle-même si elle avait pu être bigame. Les York n'étaient pas en reste – jamais ! Tandis qu'il négociait avec Jacques III, Édouard IV fit en sorte qu'Ingram rencontrât la fille unique du comte de Boxhan. Cette perspective de mariage offrait à Ingram l'éventualité de devenir un jour pair d'Angleterre. Mais il ne brisa pas sa promesse de m'être fidèle. L'eût-il fait que nos liens eussent volé en éclats et qu'il eût encouru ma colère ! Je me réjouis donc de la sincérité et de la force de son amour. Malheureusement, ses refus firent comprendre à tous qu'il avait une amante, et qui était celle-ci…

Un jour, à mon extrême étonnement, je m'aperçus que mon corps avait changé… Quelques mois plus tard, je mis au monde un enfant. Jamais je n'aurais cru cela possible… J'en fus bouleversée au-delà de ce que peuvent exprimer les mots.

S'il s'était agi d'une fille, je l'aurais gardée à mes côtés et je lui aurais enseigné la magie. Mais, bien qu'il m'en coûtât, puisqu'il s'agissait d'un garçon, dès qu'il fut sevré, je le remis à son père. Nous l'appelâmes Beathan. Ce prénom dérivait d'un très ancien mot celtique, aujourd'hui pratiquement oublié, qui signifiait « esprit » ou « fée ». Ingram l'amena au château et le reconnut pour son fils légitime. Personne dans le clan ne demanda qui était la mère. On ne pose pas une question dont on ne veut pas entendre la réponse, réponse que l'on connaît déjà de toute manière…

Les prélats d'Écosse commencèrent à murmurer. Mais Jacques III félicita Ingram pour cette naissance. Beathan fut aussitôt accepté par tous, bien que nul ne semblât jamais songer que qui dit enfant dit mère…

Ingram venait me voir, tantôt seul, tantôt avec Beathan.

Survint un événement de mauvais augure. Ingram reçut la visite d'une certaine Isabelle de Quennecy, la fille d'un comte français. Encore une offre d'épousailles. Si elles se faisaient moins nombreuses depuis l'apparition de son fils, le flot ne s'était cependant pas tari – les enfants illégitimes étant monnaie courante chez les puissants, on annulait rarement une possibilité d'alliance « pour si peu ». L'équipage des Français fit une arrivée flamboyante. Des trompettes ouvrant le cortège avec fracas, des hérauts, des chevaliers aux habits tissés d'or et de pourpre, des gardes, la succession des attelages, des pages, des valets, des veneurs et leurs valets de chiens aux meutes aboyantes, des fauconniers, des musiciens, des ménestrels, des cuisiniers… Cela, encore… Je connaissais les Français et leur appétit pour le faste. Seulement, quand je vis cette femme… Ses cheveux blonds avaient l'éclat du soleil ; une aura éblouissante émanait d'elle ; la finesse de ses traits semait le trouble sur son passage ; au rouge de ses lèvres répondait celui des joues des hommes qui la contemplaient ; elle possédait une voix d'une douceur telle que les oiseaux venaient se poser sur ses paumes ; la gracieuse lenteur de ses gestes enflammait les cœurs ; sa splendeur rivalisait avec celle de ces belles féeriques qui hantent les rêves des hommes… Je vis en elle une presque-ange venue jusqu'ici pour mon plus grand malheur. Elle suscita une vive émotion en Ingram. Je le vis bien et j'en souffris. Mon amour subissait les morsures de la jalousie.

Il fut courtois avec elle, lui fit visiter sa seigneurie puisque tel était le souhait de son invitée de marque. Mais, lorsqu'elle lui demanda s'il souhaitait qu'elle prolonge son séjour en ces lieux, mon bel amant, avec délicatesse, lui répondit que non. Mon cœur bondit d'allégresse ! La damoiselle, cette petite étoile tombée sur terre, s'en alla, triste et déçue. Et avec elle ses trompettes devenues silencieuses, ses hérauts désormais aphones, ses chevaliers altiers quoiqu'il arrive, ses gardes, ses attelages, ses pages, ses valets, ses veneurs et leurs bruyants valets de chiens, ses fauconniers qui avaient fait un carnage de nos grouses – mais qu'importait puisque la proie la plus convoitée leur avait échappé ? –, ses musiciens aux mélodies maintenant discordantes, ses ménestrels aux alexandrins cassés, ses cuisiniers sucrés devenus amers…

Quand Ingram me rejoignit, je le taquinai au sujet du trouble qu'avait éveillé en lui cette Isabelle de Quennecy. Puis nous nous enlaçâmes avec plus de force que jamais et je ris à gorge déployée de la débâcle de ma rivale.

Mais ce rire masquait ma peur. Ingram n'avait pas percé à jour le secret de cette Française : seul un enchantement avait pu lui donner la beauté des anges. Dieu avait tenté Ingram. Il voulait nous séparer.

21

Combien eûmes-nous de jours ? De nuits ? Le temps passait si vite et si rares étaient les moments où nous pouvions nous retrouver en secret.

Chaque fois que possible, j'entraînais Ingram dans des courses folles à travers les bois et nous dégustions des fruits défendus au cœur de mon minuscule Éden.

Lorsqu'il se mettait à pleuvoir, nous allions nous réfugier dans la forêt et nous humions les parfums des bois exacerbés par l'ondée.

Je lui demandais de me confier ses rêves. Je soufflais sur ses peurs pour les chasser loin de nous, comme on éparpille les graines d'un pissenlit. J'aimais sa voix, au ton assuré mais qui, de-ci de-là, trahissait parfois une faille.

Étendus sur un tapis de mousse, nous contemplions la nuit. Je lui révélais les mouvements des étoiles, tandis que lui s'obstinait à croire que la Terre était plate, qu'elle constituait le centre de l'univers et que le soleil tournait autour d'elle. Quand son esprit s'ouvrit enfin à la vérité, sa vision entière du monde en fut transformée. Et puisqu'il n'y avait que nous à savoir, c'était comme si les planètes n'évoluaient que pour nous.

Quand Beathan l'accompagnait, je le serrais dans mes bras. Je lui enseignais les secrets de la nature, ou je faisais venir les bêtes à ses côtés. Mon cœur saignait quand, au moment de nous séparer, je lui faisais jurer de ne jamais prononcer mon nom devant quiconque…

Tels étaient les motifs précieux qui composaient la mosaïque de mon bonheur.

Mais… Par un jour d'été à l'ensoleillement vivace, mon sang se glaça tandis que nous pénétrions dans mes vergers cachés. Ingram ne connaissait pas la magie, ne savait pas déceler les signes. Il ne voyait que des pommes, des poires, des prunes ou des pêches, tandis que mon regard, perçant à jour les illusions, repérait que tous ces fruits avaient la forme de crânes humains. Lui s'émerveillait du prodige de ces paradis fruitiers situés si loin au nord du monde, moi j'errais dans des charniers sucrés. Le vent se mit à faire timidement tinter les campanules, les « cloches des morts » comme on les surnomme en Écosse. Voulant m'offrir un bouquet, Ingram cueillit des fleurs sans sentir leur parfum de mort, sans voir couler leur sève sanglante, sans remarquer que leur blancheur livide et légèrement bleutée était pareille à celle des visages des cadavres…

Dieu me faisait savoir qu'Ingram allait mourir. Que devais-je faire ? Briser notre couple sacrilège ? Chasser Ingram loin de moi ? Mimer la froideur ? Feindre de ne plus l'aimer ? L'humilier, lui dire que la fée s'était lassée de son jouet ? Pouvais-je encore lui éviter la Colère de Dieu en me soumettant au Seigneur ?

Je cueillis une pomme et, telle une deuxième Ève – mais autrement plus mature –, je la lui présentai.

– Regarde-la bien, Ingram. Ne vois-tu vraiment rien ?

Son sourire mourut sur ses lèvres. Inquiété par le ton de ma voix, il observa le fruit avec attention. Je ne sais s'il vit, devina ou pressentit. Toujours est-il que ses pupilles se dilatèrent d'effroi. J'allais jeter au loin ce présage lorsqu'il me saisit le poignet. Il se força à sourire, se pencha et croqua dans la pomme à pleines dents. Je l'imitai. D'elle nous ne laissâmes pas même un trognon. Et de nos vies de même : nous en dévorerions goulûment tous les plaisirs jusqu'à n'en rien laisser.

22

Ce fut par une après-midi d'avril – oh, je savais bien que ce jour finirait par arriver, même si je tentais de me convaincre du contraire – que j'eus une vision. Les alentours de mon loch se tapissaient d'une jeune herbe folle au vert lumineux comme un éclat de rire. Partout, on apercevait des fleurs, pareilles aux touches de couleurs d'un peintre ivre. Dans ma forêt, les ramures devenaient toujours plus denses et leurs voûtes de verdure nous protégeaient du regard du ciel. J'étais en train de nager sous les eaux, me faufilant entre les algues et jubilant des caresses des courants en imaginant qu'elles provenaient d'Ingram. Soudain, la surface du lac se mit à briller, de plus en plus, jusqu'à étinceler, comme si le soleil s'était décroché du ciel et chutait à toute allure vers moi. La lumière devint si intense qu'il me semblait contempler un miroir liquide tourné vers les profondeurs.

L'avenir apparut sur cette trame mouvante. Des herbes hautes, de denses bois, des bosquets… Mai serait meurtrier. Je devinai que ce lieu se nommait

Tewkesbury, au nord-ouest de la savante Oxford. Des foules métalliques de Lancastriens déferlaient sur des lignes de Yorkistes. Mêlée confuse. Des hommes surgissaient des fourrés ; les prés étaient piétinés ; le fracas des armes et les cris se répercutaient sous mes eaux, effrayant les poissons ; cette scène de massacre était parcourue d'ondulations quand un coup de vent venait troubler la surface de mon loch… Ingram surgit d'un bois, menant les siens à l'assaut de canons que les Yorkistes défendaient avec acharnement. Les deux forces étaient si imbriquées que les combattants avaient du mal à se distinguer les uns des autres, silhouettes d'acier et piétons en tuniques matelassées frappant et embrochant leurs homologues… Les Highlanders du clan MacEnnen perçaient une fois de plus les rangs yorkistes, tranchant, bousculant, fendant, renversant, ravageant, encore, encore, encore… Cependant, les Yorkistes tenaient bon. Je guettais le moment où leur moral allait s'effondrer, où leurs troupes allaient se disloquer comme une motte de terre dans laquelle on donne un violent coup de pied. Mais Édouard IV était à leur tête, tuteur d'acier qui maintenait toutes ces roses blanches dressées en dépit de la tempête. C'était lui qu'il fallait abattre ! Que sa tête roulât dans les hautes herbes et Ingram et moi serions libres !

En signe de triomphe, Ingram posa la main sur le museau d'un canon qui venait de cracher la mort sur les siens. Il brandissait son épée pour rallier ceux qui s'étaient égarés. Tout autour de lui grouillait les corps à corps. Qui servait qui ? Un piéton blessé s'approcha de lui, une hallebarde dans les mains. La rose de sa livrée était rouge… Une rose de Lancastre ? Non, une rose blanche traîtresse que le sang de sa blessure à la poitrine avait coloré de rouge. Fallait-il blâmer la malchance ? Ou Dieu s'était-il abaissé à imaginer pareille perfidie ? Croyant reconnaître en lui un allié, Ingram détourna son attention de l'assaillant. Je criai. Sa garde rapprochée, sur le qui-vive, regardait dans d'autres directions ou affrontait d'autres ennemis. Sous mes yeux, le hallebardier visa le point faible de l'armure et plongea la longue pointe de son arme dans l'aisselle qu'Ingram présentait car il continuait à faire signe aux siens. Quand Ingram plia les jambes et tomba sur les genoux, il était déjà mort. Nul ennemi ne l'aurait jamais mis à genoux de son vivant. Telle serait la dernière phrase du chant que je consacrerais à Ingram MacEnnen.

L'image disparut. Mais l'eau de mon loch me paraissait rosée, comme teintée par le sang de tous ceux qui mourraient bientôt.

Une autre vision se manifesta, ce qui n'était jamais survenu. Limelick, notre château des plaines, n'était plus qu'un amas de décombres sous les tirs des canons des Hamilton. Son donjon fissuré s'écroula d'un seul bloc, comme Ingram était tombé à Tewkesbury. Puis apparut Demlock on Fire, perdant ses paliers de défense les uns après les autres sous les assauts répétés du clan Gordon. Kelleram tint tête durant des mois à l'armée coalisée des MacLean et des Cameron (qui se montrèrent dignes de leur réputation d'être « plus féroces que la férocité elle-même »). Mais quand la garnison, affamée, en fut réduite à se disputer au couteau le moindre brin d'herbe pour s'en faire un repas, le capitaine de la place, le vaillant Melower, brûla lui-même notre bannière pour que nul ne s'en empare, puis fit ouvrir les portes. Seul Erann tint bon, envers et contre tout, îlot tout en falaises et baigné de courants et de tempêtes. Hélas, contrairement à mes recommandations, je sus que notre cher Beathan ne s'était pas réfugié dans le donjon d'Erann. Les conseillers du clan l'avaient maintenu dans le château du loch de Fawchry, ce symbole ancestral des MacEnnen. Je vis alors la pire de toutes les nuits à venir : Fawchry en flammes, silhouette noire de suie ceinte d'une auréole rouge feu. Des troupes ennemies repoussaient les nôtres dans les brasiers. Dans un ultime sursaut, Beathan courut sur les remparts. Il voulait se jeter dans le lac. Je me vis moi-même tendre les bras vers lui pour l'accueillir. Ah oui, mon loch ! Qui oserait venir l'y chercher ? Qu'ils s'engagent donc en ce lieu, tous ces MacLean, MacMillar, Cameron, Gordon, Hamilton… Qu'ils viennent ! Je les y noierai tous avant de leur arracher de la poitrine leurs poumons gorgés d'eau pour m'en servir d'éponges ! Beathan fut près de réussir… Mais il n'y parvint pas. Je le vis périr. Je n'ai même pas le cœur à évoquer de quelle manière.

Mon amant et notre fils allaient mourir, tout ce que j'avais construit serait jeté à terre, le clan MacEnnen disparaîtrait… Quant à moi, la Dame des MacEnnen, je me plierais à mon devoir : je chanterais de mon mieux la disparition à venir des miens.

23

Il me faut revenir deux ans en arrière pour évoquer les retournements de situation qui s'étaient succédé en Angleterre. Jusqu'à présent, je n'y avais guère prêté attention, ne songeant qu'à mon amant, notre fils et notre clan.

Alors qu'Édouard IV semblait tenir fermement le pouvoir en main, le sol s'était dérobé sous ses pieds, le précipitant dans une chute abyssale. Ah, Édouard le Quatrième, toi qui matais les foyers lancastriens les uns après les autres, toi qui ne laissais aucun répit à tes ennemis, tu fus attaqué par les tiens !

Le bien trop puissant comte de Warwick sentait qu'il perdait son emprise sur le roi. Il était le principal allié des York et avait joué un rôle majeur dans la conquête du pouvoir. Pendant des années, il avait été le mentor d'Édouard IV. Ce dernier suivait si souvent ses conseils que l'on disait de Warwick qu'il était le deuxième roi d'Angleterre. Seulement, Édouard IV était enclin à l'indépendance. Vint le moment où le roi, ayant gagné plus d'assurance dans l'exercice du pouvoir, décida de prendre ses distances avec l'encombrant Warwick, qui n'avait de cesse de lui imposer son point de vue. Warwick s'allia alors avec le duc de Clarence, le propre frère du roi, qui convoitait le trône. Tous deux se rebellèrent, la chance s'en mêla et, à la bataille d'Edgecote, ils écrasèrent l'armée royale et Édouard IV fut fait prisonnier. Cela, c'était en juillet 1469. Mais, moins de trois mois plus tard, les espérances de Warwick et de Clarence prirent les teintes rougeâtres et rouille des feuilles d'automne et s'envolèrent au premier coup de vent. Édouard parvint en effet à s'échapper, rallia des partisans et reprit l'avantage. Warwick et Clarence se réconcilièrent avec le souverain qu'ils venaient de trahir, et ce d'autant plus facilement que chacun des trois avait besoin (pour le moment) du soutien des deux autres. Et Édouard IV de remonter sur le trône !

Peu après, il les chargea de lever des troupes pour aller mater un parti rebelle du Lincolnshire. Or ce dernier était soutenu en secret par Lord Welles et son fils, des alliés de Clarence. Ce plan tortueux visait à prendre Édouard IV et les siens en tenaille, les hommes des Welles frappant de face, Warwick et Clarence poignardant dans le dos. L'armée d'Édouard IV écrasa finalement elle-même les révoltés, fit exécuter Welles père et fils, et le roi découvrit la nouvelle trahison de Warwick et de son frère.

Warwick et Clarence se réfugièrent en Normandie et Louis XI les plaça sous sa protection. Ah, gentille France : tu te plains encore et toujours des affres de la guerre de Cent Ans, mais tu t'es bien vengée, crois-moi. Pays à l'étrange mémoire, qui oublie ses crimes de la veille mais s'obstine à punir les pays qui l'ont blessé attaqué des décennies plus tôt. Quoiqu'à la réflexion, la plupart des états se comportent ainsi. Louis XI négocia longuement avec Warwick. Si grande était l'habileté du roi de France à tisser des complots qu'on le surnommait « l'universelle araignée ». Son chapeau était orné de médailles lui servant de porte-bonheur. Il les caressait quand il lui fallait prendre une décision cruciale. Comme elles devaient briller, ces jours-là ! Par de tortueuses conjectures, ils aboutirent à la plus improbable des alliances. Soutenu par Louis XI le Français, Warwick acceptait de se rallier à la cause de Marguerite d'Anjou. Tous ensemble pour rendre son trône à Henri VI ! En échange, Louis XI obtenait l'engagement que la monarchie des Lancastre, une fois restaurée, prendrait parti pour la France contre Charles le Téméraire, le duc-presque-roi de Bourgogne. En dépit de ma détresse, je ne pouvais m'empêcher de rire. Voilà ce que sont les hommes, voilà donc qui est Dieu.

Voilà aussi qui sont les anges, qui je suis…

Le plan de bataille fut dressé avec brio. Les manœuvres allaient s'enchaîner avec la précision des notes d'une partition. Déclenchement d'émeutes pro-Lancastre dans le nord afin de faire croire à Édouard IV que le danger se situait là-bas. Diffusion dans le pays d'une intense propagande visant à discréditer Édouard IV. Débarquement au sud-est, à Plymouth,

Dartmouth et Exmouth, des troupes exilées de Warwick et de Clarence, grâce aux navires et aux équipages généreusement prêtés par Louis XI. Ralliement de leurs partisans de Cornouailles et de ceux des Lancastre, nombreux dans cette région. Enfin, marche commune sus à Édouard IV. Tout fut exécuté avec une telle minutie que des vassaux du roi, impressionnés, se joignirent à cette coalition. En un temps dérisoire, celle-ci forcit jusqu'à atteindre les soixante mille combattants. Édouard IV se retrouva à bord d'un navire, fuyant l'Angleterre. Tout s'était passé si vite que, quand il fixait les scintillements du soleil sur les vagues, il croyait voir briller les armures et les casques de ses dizaines de milliers de soldats d'autrefois.

Il se réfugia chez son beau-frère, Charles le Téméraire, qui régnait sur la fière Bourgogne mais aussi sur l'Artois, le Boulonnais, la Flandre, la Hollande, le Luxembourg…

Henri VI redevint roi d'Angleterre, et les mécontents ne pouvaient décemment pas lui reprocher de l'avoir fait exprès… À l'époque, j'avais vu là un signe heureux. Marguerite d'Anjou était d'un tempérament coriace. Je crus que le cloporte et la mante religieuse sauraient conserver le pouvoir et je m'abandonnai à mon seul plaisir.

Mais, en mars 1471, Édouard IV débarqua à son tour, à Ravenspur, pour reconquérir le pouvoir. Sa flottille comptait seulement trente-six navires. Trente-six ! Quand j'appris cela, je ris. Un moucheron qui se prenait pour un deuxième Guillaume le Conquérant.

Je croyais que, lassé par la morosité de l'exil, il se lançait avec panache dans une ultime tentative dont le but n'était en réalité pas Londres mais une mort glorieuse. C'était compter sans la bêtise des hommes.

Sa bande – ils étaient trop peu nombreux pour que je les désigne du terme d'« armée » – s'aventura dans les terres. Il aurait suffi d'un revers de main pour la balayer. Mais les Lancastre et leurs alliés furent incapables d'organiser une riposte efficace. Tout se jouait dans les mouvements, or Warwick et Clarence bougeaient peu, les Lancastre moins encore. Édouard IV clamait ingénieusement qu'il avait renoncé à la couronne d'Angleterre, qu'il voulait seulement retrouver son duché d'York, dont il était le légitime possesseur. Des seigneurs locaux acceptèrent de le croire et ne lui barrèrent pas la route. Il progressait donc, ralliant des partisans. Il était semblable à une dette d'usurier que personne ne voulait payer. Voilà que la somme, au départ dérisoire, devenait de plus en plus inquiétante. La bande se fit troupe, troupe qui grossit en force, force qui se changea finalement en armée.

Enfin, les Lancastre et leurs alliés se mirent en action. Warwick survint, à la tête d'une armée très supérieure en nombre. Mais il se réfugia derrière les solides murailles de Coventry. Il préférait attendre les troupes de Clarence. Clarence arriva, en effet, mais rejoignit Édouard IV ! Nul besoin d'un quelconque don pour imaginer la scène. Clarence faisant amende honorable, implorant à genoux. « Votre Majesté, mon roi, pardon, pardon ! » Édouard IV se mordant les joues pour s'empêcher de hurler de joie, feignant d'être courroucé, faisant mine d'hésiter à accepter ces milliers de soldats que son frère lui présentait sur un plateau d'argent. Pourquoi ce énième retournement ? Clarence songeait sans doute qu'il avait bien plus à gagner en soutenant Édouard IV. Il pressentait aussi que celui-ci n'était pas venu jusqu'ici pour périr, mais pour vaincre.

À peine réconciliés, les deux frères marchèrent sur Londres, tandis que Warwick, furieux, attendaient d'autres troupes. La capitale ouvrit ses portes – entre le roi de fer et le pantin de roi, le choix était aisé. Henri VI fut arrêté – il avait l'habitude… – et enfermé dans la Tour de Londres.

Warwick voulait des renforts ? En voilà ! Montagu depuis le nord, Oxford et Exeter depuis l'ouest, et encore des contingents depuis l'est. Alors, son armée bouffie marcha sus à l'ennemi. Déplacement impressionnant que celui de ces vingt mille hommes. Warwick pensait que son adversaire se retrancherait dans Londres, puisque celui-ci ne disposait que de neuf mille soldats. Une guerre de siège lui convenait, car d'autres forces lancastriennes auraient ainsi le temps de le rejoindre. Mais les Yorkistes sortirent de la capitale et vinrent à sa rencontre.

La bataille eut lieu non loin de Barnet. Warwick disposait de tant de pions qu'il était obligé d'en poser deux ou trois par case sur l'échiquier. Pourtant, en quelques heures, Édouard IV balaya tout sur son passage. Montagu fut accidentellement tué par ses propres hommes ; Exeter fut fait prisonnier ; Warwick – que l'on surnommait « *The Kingmaker* », « le Faiseur de Rois » –, fuyant la débâcle, se retrouva piégé dans l'inextricable bois de Barnet où des Yorkistes le rattrapèrent et le jetèrent à terre pour le poignarder… Seul Oxford parvint à s'échapper.

Tout à coup, un nombre extraordinaire de gens jugèrent qu'Édouard IV était un roi formidable et qu'ils n'en voulaient point d'autre pour l'Angleterre. Les roses blanches d'York se mirent à proliférer plus que violettes de mars. Partout où se posaient les sabots du destrier d'Édouard IV, elles jaillissaient et constellaient les champs alentours. Ces rosiers, croissant à une vitesse stupéfiante, recouvrirent les remparts de Windsor, Saint-Albans, Cirencester… Dire que tout avait commencé avec trente-six navires…

Toutefois, les Lancastre étaient encore puissants. Marguerite d'Anjou ne renonçait pas. Dès l'annonce de la réapparition d'Édouard IV, elle avait envoyé des messagers solliciter ses alliés, sans oublier, hélas, de faire savoir à Ingram qu'elle réclamait son soutien. Contre mon avis, celui-ci accepta de l'aider.

Nous nous disputâmes à ce sujet. Mais il ne voulait rien entendre. Les liens entre les MacEnnen et les Lancastre, il les désignait du terme de « *The Auld Alliance* », expression en *scottis* qui évoquait habituellement la vieille alliance toujours en vigueur entre l'Écosse et la France. C'était sa façon de signifier qu'il considérait cette union comme indéfectible. J'insistais ! Pourquoi se mêler de cette guerre ?

Pourquoi risquer de tout perdre ? Il avait été à Towton, n'était-ce pas assez cher payé ? Je ne le comprenais pas. J'aurais voulu qu'il ne pensât qu'à nous. Mon amant me paraissait soudain inintelligent et entêté, or je savais qu'il n'était ni l'un, ni l'autre. Je perçus alors qu'il existait un lien entre cette qualité qui me troublait tant et sa décision de soutenir une fois de plus les Lancastre. Sa ténacité plongeait ses racines dans quelque chose de profond, de complexe. Il était l'un des rares seigneurs loyaux alors que tout le monde trahissait tout le monde. Son sens de l'idéal était pareil à un fruit qui demeure intact dans un univers en pleine putréfaction. En donnant suite à la requête de Marguerite d'Anjou, il mettait en péril nos biens et nos vies. En la refusant, il se serait perdu lui-même. Manquer à ses engagements, trahir, c'eût été déchoir. Bien que ce raisonnement fût abstrait pour moi, je reconnaissais là la menace de la chute.

Marguerite d'Anjou… J'aurais dû haïr cette femme. C'était le cas. Mais, malgré ce, je lui trouvais quelques ressemblances avec moi. Je ne parvenais pas à tuer une certaine forme d'affection que j'avais pour elle. Un peu de sucre se mêlait au sel de ma rage. Dans ce monde d'hommes, elle était là, elle s'imposait. Elle était pareille à la dame du jeu d'échec, la plus dangereuse de toutes les pièces. Le roi Lancastre était mis échec et mat et, pourtant, elle poursuivait la partie. Quand elle apprit la mort de Warwick, elle s'exclama que la perte d'un allié aussi peu fiable n'affaiblissait pas la Maison de Lancastre mais, au contraire, la renforçait !

Oui, plongée dans les mêmes circonstances, j'aurais moi-même prononcé une phrase similaire.

Quand survint ma vision, Ingram allait s'embarquer pour rejoindre l'armée de Marguerite d'Anjou. Je sus donc qu'il allait voguer vers la mort, vers notre destruction. Il vint me voir juste avant de se mettre en route pour le port d'Erann. Dieu m'interdisait de révéler ce que j'avais vu. Aurais-je essayé que le Seigneur m'eût probablement foudroyée sur le champ pour cette suprême transgression. De toute façon, les mots étaient inutiles. Ingram lut sur mon visage ce qu'il en était. Il me pressa les mains, m'embrassa et repartit aussitôt. En cet instant, j'eus envie de me changer en tas de boue, et tous les miens avec moi. Le Seigneur consentirait peut-être à nous laisser en paix, si nous acceptions de n'être plus qu'un peu de fange sur les berges du loch de Fawchry…

24

PITEUSES FURENT MES TENTATIVES pour enrayer le destin que Dieu nous avait choisi. Mon esprit accompagnait Ingram, voguait aux côtés de ses navires. Je lançais des sorts pour générer des courants contraires, mais, incapables de s'opposer aux desseins du Seigneur, ceux-ci ne généraient que de ridicules ridules. Au contraire, des vents « favorables » gonflaient les voiles blanches des sept vaisseaux, faisant grincer les mâts, précipitant les miens dans les bras des Lancastre. Ah, c'était à croire que tous les anges du paradis soufflaient eux-mêmes sur ces voiles. J'avais espéré de manière illusoire qu'Ingram arriverait trop tard, il fut en avance.

La flottille débarqua ses troupes dans le port de Colluston, non loin de Bristol. Le lendemain, Ingram et les siens rejoignirent l'armée des Lancastre. La reine en personne se porta à sa rencontre. Ses conseillers jugèrent cet honneur excessif, ce à quoi elle rétorqua qu'il était l'un des rares seigneurs de sa connaissance à n'avoir jamais changé de camp depuis dix ans. Nul n'osa protester… Elle vint à lui, chevauchant en Amazone, le buste droit, la posture rigide, vêtue d'une longue robe noire. Oui, une mante religieuse, la mante noire d'Angleterre… Son fils, le jeune Édouard, chevauchait à ses côtés, l'armure recouverte d'une tunique tissée de fils d'or. Il y avait encore le duc de Somerset, le comte de Devon, Sir John Delves, Lord Wenlock… Antilopes enchaînées, roses rouges, herses, lions dorés, fleurs de lys, sangliers blancs, plumes d'autruches du prince de Galles : tous ces symboles réputés s'agitaient sur les bannières et les étendards le temps de cette chevauchée, cascade de gloire et de couleurs qui se précipitait au-devant de la Dame blanche des MacEnnen.

Ingram s'inclina avec grand respect devant la souveraine. Ni lui ni moi n'étions dupes. Marguerite d'Anjou se comportait comme si c'était l'avant-garde de l'Écosse entière qu'elle accueillait. Et les soldats lancastriens de songer : « Les Écossais viennent à notre secours ! Voici déjà les premiers ! » Ah, ah, ah ! Jacques III n'avait pas fait le difficile. En acceptant de laisser Ingram se mêler de cette guerre, il misait les MacEnnen sur les Lancastre. Si le parti lancastrien l'emportait, Jacques III se comporterait comme un allié de Marguerite d'Anjou attendant d'être dûment récompensé. Si les York triomphaient, il prétendrait que les MacEnnen avaient agi de leur propre chef. Une guerre privée. Ces Highlanders sont si indépendants, si impétueux… Joueur prudent, il ne misait que deux centaines d'hommes, attendant de voir comment allait évoluer cette partie confuse. Voilà ce que sont nos vies : les piécettes des puissants.

Bristol accueillit chaleureusement les troupes lancastriennes et les renforça de volontaires et de canons. L'Angleterre était devenue pareille à des sables mouvants. Que l'on fût yorkiste ou lancastrien, où que l'on posât le pied, on ne savait jamais à l'avance si l'on allait progresser ou s'enliser. Bristol était considérée comme pro-yorkiste, mais, ce jour-là, elle criait : « Vive les Lancastre ! » Telle une Cassandre bâillonnée par Dieu, moi, je savais ce qu'il allait advenir de tous ces gens mais je ne pouvais me faire entendre d'eux. Les combattants progressaient en rangs serrés. Les chevaliers de la maison du roi défilaient en tête, brandissant lances de charge et étendards. Puis venaient les archers – dotés du grand arc en bois d'if, qui obligeait les chevaliers à combattre à pied, car plus aucune charge de cavalerie ne pouvait franchir leurs tempêtes de flèches –, les archers montés, les hommes d'armes, les hallebardiers, les guisarmiers, les vougiers, les soldats en livrée de tel ou tel grand seigneur, les couleuvriniers, les maîtres d'artillerie et leurs servants, les pionniers, les charretiers, les *prickers*, les mercenaires… Tenez ! Voyez là ces armures et ces bannières inhabituelles : ce sont nos amis les Français qui viennent s'assurer que nous n'allons pas cesser de nous étriper. Ce long fleuve d'acier et de tuniques bariolées s'écoulait péniblement dans les rues en liesse. Mais, moi, moi seule comme toujours, je les voyais déjà tous éclaboussés de sang, de la tête au pied, cadavres souriants menés par des chevaliers aussi morts qu'eux et dressés sur des montures pareillement trempées d'écarlate. Mon aimé, mon amant, se laissait entraîner par cette sarabande de squelettes, de corps sans tête, de dépouilles sanguinolentes… La populace leur lançait des pluies de roses rouges au parfum secret de chrysanthème. Ah la jolie danse macabre, cortège funèbre hilare de mon amour interdit !

Tandis que l'armée des Lancastre prenait du repos dans la joyeuse et aveugle Bristol, celle des York, partie de Londres et ayant longuement marché vers l'ouest, campait à Malmesbury, tout près d'ici.

La nuit vint, que je passai aux côtés d'Ingram, à le contempler endormi. Loin là-bas, au nord, à Fawchry, je ne me montrai pas pour chanter.

Le 2 mai, au lieu de se précipiter sur les Yorkistes, l'armée lancastrienne mit le cap au nord. Elle espérait rejoindre Jasper Tudor, le comte de Pembroke, qui avait levé une armée dans le pays de Galles. De plus, les régions que l'on traversait lui étant plutôt favorables, elle voulait encore moissonner des renforts. Sodbury et Berkeley lui en offrirent, en effet. Édouard IV et les Yorkistes la talonnaient, mais elle jouait à cache-cache avec eux, bernant leurs éclaireurs avec des groupes de cavaliers légers qui battaient la campagne pour dissimuler les véritables mouvements de la force principale.

Le lendemain, Marguerite d'Anjou se heurta aux portes closes de Gloucester. Le gouverneur yorkiste, Sir Richard Beauchamp, s'était retranché dans la cité.

Il débouta le héraut envoyé par la reine pour le sommer d'ouvrir sa ville.

L'armée lancastrienne gagna alors les abords de Tewkesbury, plus au nord, et s'établit sur une puissante position défensive. Tout le monde devina que la bataille aurait lieu le lendemain. Nous étions le 3 mai 1471. Quand le ciel commença à s'obscurcir, mon attention se porta sur mon corps demeuré au fond des eaux du loch de Fawchry.

25

La lune baignait les environs de sa clarté bleutée. Aucune lumière n'éclairait le château de Fawchry. Cependant, personne n'y dormait. Tous guettaient mon chant tout en priant pour qu'il n'y en eût point… J'avais retardé ce moment le plus longtemps possible. Mais il s'agissait de la dernière nuit avant la mort d'Ingram. Je *devais* chanter. Maintenant !

Sans utiliser la magie pour me rendre invisible aux hommes, je m'extirpai des eaux, vêtue d'une robe blanche comme un suaire, et je me hissai sur un rocher. Du côté de la forteresse : pas un son, pas un mouvement perceptible. Pourtant, tous m'avaient vue et étaient saisis d'effroi. Beathan s'apprêtait à entendre sa mère lui prédire la mort de son père. Et, dans quelques mois, je reviendrais chanter son propre trépas et annoncer la destruction du clan MacEnnen.

Installée sur le rocher, je contemplais ce château au silence mensonger.

Le temps s'écoula, mais je ne chantais pas. Je percevais le trouble des gens tapis derrière les murailles. Un tel événement ne s'était jamais produit. On attendait mon chant et mes pleurs qui ne venaient point. Une douleur naquit dans ma tête. Mon obstination se heurtait à une autre volonté, une volonté infiniment supérieure. Dieu voulait que je chante et que coulent mes larmes. Mais je résistais. Dans l'enceinte, certains s'interrogeaient encore tandis que d'autres avaient déjà compris.

La douleur enfla. Je serrais les lèvres, obligeais mes yeux à demeurer secs. Je fixais la lune. Imperceptiblement, elle entamait sa descente, énorme et unique grain de sable du sablier de cette nuit. Je résistais toujours.

Ma souffrance s'amplifiait. Le parcours du monde tel que Dieu l'avait planifié était semblable à une roue cosmique qui butait sur le dérisoire caillou de mon crâne. Il *fallait* que je chante. La roue pressait toujours plus fort sur mon esprit.

Mon corps se crispait; mes muscles étaient tétanisés; j'avais l'impression de m'être changée en une statue de sel qui se fissurait et se craquelait. Des flux de douleur m'embrasaient, me dévoraient. Je n'aurais jamais imaginé qu'un corps fût capable de souffrir à ce point. Je luttais même contre le fait de crier, de peur de ne plus parvenir à empêcher mes hurlements de se transformer en chant. Non! Ni mots ni larmes! La lune poursuivait son lent parcours…

Quand Dieu s'adressa à moi, la voix frémissante de colère, ma douleur avait atteint un tel degré que je fus incapable de comprendre le sens de ses paroles. Je m’attendais à ce que mon âme vole en éclats.

26

QUAND VINT L'AURORE, mon corps brisé de fatigue s'appuyait sur mes bras pour se maintenir dressé. Je n'avais pas cédé ! Mais il me fallait tenir plus longtemps encore... Mon âme avait dépassé la souffrance, elle flottait au-dessus de celle-ci comme le soleil au-dessus d'un océan de nuages, mais, continuellement, elle sombrait à nouveau dans la tourmente et ne s'en extirpait qu'au prix d'efforts exténuants.

Mon esprit se trouvait à la fois à l'intérieur de mon corps en plein naufrage et aux côtés d'Ingram.

La bataille allait débuter en ce début de matinée. Pourquoi attendre davantage puisque nous sommes assurés de l'emporter ? Voilà ce que pensaient les deux camps, les Lancastriens parce qu'ils étaient un peu plus nombreux et occupaient une belle position défensive, les Yorkistes parce qu'Édouard IV était à leur tête.

J'observais. Tout m'apparaissait avec limpidité, car tel était le devoir auquel je devais me plier. Je me comportais comme si je n'avais tardé jusque-là que pour glaner encore quelques détails qui flatteraient mon amant… Comme si je m'apprêtais à chanter de jour, car ce n'était tout de même point chose habituelle que d'annoncer aux siens la mort de l'être que l'on aime !

Qu'avaient-ils tous à tarder ? Eux avaient l'impression de se presser tandis qu'ils me paraissaient lents, pesants… Les deux armées achevaient de se déployer en ordre de bataille. Trois corps pour les Lancastriens. Lord Wenlock et le jeune prince Édouard commandant le centre, le duc de Somerset l'aile droite et le comte de Devon celle de gauche. Tous les canons en première ligne. L'armée yorkiste adoptait une formation en miroir. Édouard IV au centre, Hastings à droite, le duc de Gloucester à gauche et deux cents bouches à feu au-devant de ces masses de combattants.

Les Lancastriens étaient perchés sur la crête d'une colline étirée. Somerset, nommé chef suprême au vu de ses compétences militaires, voulut imposer un plan incisif : attaquer les Yorkistes, leur voler l'initiative, ne pas leur permettre de mener le jeu à leur guise. Mais la reine Marguerite et tous les autres seigneurs l'amenèrent à opter pour une tactique prudente et efficace : laisser l'ennemi venir se briser sur cette hauteur et, quand il refluerait, épuisé et en désordre, lancer une contre-attaque générale et tout dévaster.

Le terrain séparant les deux armées était inégal, tourmenté, accidenté : arbres, bosquets, fossés, buissons, fourrés, petits ravins, broussailles… Le printemps luxuriant faisait foisonner herbes et feuillages.

Les flocons avaient perdu les Lancastriens à Towton, cette végétation exultante allait leur jouer des tours à Tewkesbury… Ainsi sont les hommes, qui répètent les mêmes erreurs, encore et toujours, en ayant l'impression que le sort s'acharne contre eux.

Les Yorkistes entamèrent l'affrontement par un déluge de tirs. Leurs nombreux canons causaient des brèches sanglantes dans le front ennemi ; leurs archers enchaînaient les volées ; les couleuvriniers faisaient feu, disparaissant dans des nuages de fumée blanche. Les Lancastriens ripostaient, mais ils possédaient moins de canons, car le gouverneur de Gloucester leur en avait pris plusieurs en effectuant une sortie, la veille, pour tomber sur leurs bagages tandis qu'ils gagnaient Tewkesbury. Comme à Towton, les Yorkistes voulaient obliger les Lancastriens à attaquer.

L'aile droite lancastrienne souffrait tout particulièrement. Les canons perdus le jour précédent lui appartenaient. Leur absence faisait défaut et, de surcroît, les Yorkistes les employaient contre eux ! Édouard IV avait donné des ordres pour que la droite ennemie fût soumise à la plus forte pression possible. Dans ce gigantesque duel de boulets de pierre, de balles de plomb et de nuages de flèches, les Lancastriens étaient perdants, et leur flanc droit, plus perdant encore…

La situation de la droite lancastrienne devint intenable. Somerset, qui la dirigeait en personne, décida de lancer la totalité de ses troupes à l'assaut. Il voulait refouler les archers adverses, imposer silence aux canons, percuter la gauche yorkiste et la mettre en déroute. Ingram et les siens servant sous les ordres de Somerset, celui-ci les plaça en première ligne, car la réputation des Highlanders pour les assauts n'était plus à faire depuis sept siècles déjà.

Je vis mon aimé marcher à la mort. Les soldats de Somerset descendaient de la colline à la manière d'une coulée de lave. Pauvre aveugle de Somerset ! Tu croyais que la dense végétation dissimulerait l'ampleur de ton attaque. Tu pensais surprendre les Yorkistes en jaillissant sur eux avec toutes tes forces, en espérant qu'ils croiraient n'affronter qu'une fraction de celles-ci. Seulement, tes hommes se retrouvèrent face aux bosquets, à une pente trop raide par ici, à des fourrés trop drus par là, ils durent contourner des arbres morts… Tes soldats furent contraints de se déporter sur leur gauche, s'enlisèrent dans d'autres fourrés, s'écorchèrent dans des buissons épineux, si bien qu'ils dévièrent encore vers la gauche. Les compagnies se gênaient mutuellement, se mêlaient, se désorganisaient ; les flèches s'abattaient sur elles comme la grêle ; les boulets labouraient les rangs gagnés par le désordre… Encore plus à gauche…

Enfin, les combattants de Somerset atteignirent les lignes adverses. Mais ils avaient tant dévié qu'au lieu de venir se jeter sur l'aile gauche commandée par Gloucester, ils heurtèrent de plein fouet la gauche du centre yorkiste. Somerset se retrouva donc en train d'assaillir les troupes d'Édouard IV, tandis que son flanc droit se faisait envelopper par celles de Gloucester. Il savait qu'il jouait le sort de cette bataille sur un coup de dés. Il en serait le héros ou le fauteur de désastres. N'ayant plus d'autre choix – *alea jacta est* –, ses soldats se déchaînèrent contre les Yorkistes. Les lignes d'hommes s'entre-dévoraient ; les marteaux de guerre, les épées et les haches frappaient sans relâche ; les hallebardes et les guisarmes perçaient les cuirasses, brigandines, hauberts et tuniques matelassées ; des coulées de soldats se précipitaient l'une sur l'autre dans des petits vallons vert tendre ; des volées de flèches criblaient à l'aveuglette des buissons et des écrans de fougères bruissant de mouvements ; les lames faisaient crisser et sonner l'acier ; des foules de soldats – en armure de pied et cap et brandissant des bannières rouges, blanches, bleues et or – surgissaient des fourrés vert vif ou vert sombre et se précipitaient par vagues sur les lignes yorkistes… L'odeur du sang frais se mariait aux parfums des fleurs et de l'herbe piétinée. Aux gouttes cristallines de la rosée matinale se mêlait la rosée écarlate jaillissant des blessures. Les hautes herbes et les frondaisons composaient un écrin végétal aux gesticulations mortelles de la chair et de l'acier, telle la scène d'un théâtre grandiose où l'on joue avec frénésie une pièce absurde. Des corps s'effondraient sur des tapis de trèfles et vraiment, vraiment, tout cela n'avait aucun sens pour moi. Ingram se démenait au milieu de la fureur générale. C'était à croire que toutes les violences que nous étions parvenu à maintenir loin de notre minuscule paradis et ce, durant dix années, déferlaient maintenant sur nous deux pour nous engloutir. Débauche de furie, gerbes de sang, orgie de mort, verts de mai et gris acier.

Lord Wenlock, qui dirigeait le centre lancastrien, était supposé attaquer à son tour, pour soutenir Somerset. Tels étaient les ordres de Somerset, transmis par un messager. Mais Wenlock était réticent à quitter les hauteurs pour se lancer dans cette mêlée improvisée. En outre, les forces de Somerset obstruaient partiellement son chemin. Wenlock devait donc choisir entre charger droit devant lui, au risque qu'une partie de ses troupes s'amalgame avec celles de Somerset, attaquer en se déportant lui aussi sur la gauche – mais alors n'amplifierait-il pas la distorsion de cette attaque ? – ou bien inventer une troisième solution. Il regrettait que l'on ne s'en soit pas tenu au plan initial, hésitait, tergiversait, s'emportait ; ses troupes demeuraient immobiles. Il fallait agir – oui, oui, bien sûr, certes, certes… – mais que faire, que faire ? Ah oui, que faire ? N'est-ce pas là l'éternelle question de l'Humanité ? Pour couronner le tout, deux cents lanciers montés, jaillissant d'un bois éloigné, chargèrent le flanc droit déjà meurtri de Somerset. Édouard IV les avait placés là en embuscade. Lui, il savait quoi faire. Somerset et les siens se crurent trahis. Les deux autres corps de l'armée des Lancastre, consternés, contemplaient le massacre de leur aile droite abandonnée en pâture à l'ennemi. Alors, les Lancastriens songèrent que tout était perdu. Et tout l'était, en effet.

Du haut d'une colline, Holm Hill, la mante noire assistait à l'agonie de ses derniers espoirs. Un instant, je me sentis étonnamment proche d'elle. Marguerite d'Anjou… Les tiens se faisaient exterminer sous tes yeux, ton fils serait pris et décapité, ton mari désormais sans soutien serait exécuté, tu serais emprisonnée avant d'être bannie, tu deviendrais une âme en peine passant son temps à se lamenter sur le passé et à proférer de vaines malédictions contre les uns et les autres… En cet instant, elle n'était plus reine, ni moi ange ou fée. Nous n'étions plus que deux femmes brisées, deux sœurs de douleur.

Je me retrouvai aux côtés d'Ingram. Confusion invraisemblable. Les MacEnnen mettaient à mal des formations de hallebardiers yorkistes, causant des remous houleux dans leurs rangs hérissés de pointes. Or des compagnies de Somerset commençaient à refluer tandis que d'autres, au contraire, jaillissaient des fourrés pour se lancer à l'assaut avec retard, croyant affronter Gloucester là où il s'agissait d'Édouard IV, pensant prendre un avantage décisif alors que tout était déjà joué. Somerset ne savait plus s'il devait tenir bon jusqu'à l'arrivée de plus en plus hypothétique de Wenlock ou au contraire se replier…

À Fawchry, mon corps se plia en deux. Je me redressai. Pas de mots, pas de larmes… Mon silence ma résistance.

Ingram s'approchait du canon… Presse-toi, mon amour, je n'en puis plus ! Il se tournait vers l'arrière, conscient de la confusion qui se propageait dans les rangs de Somerset. D'un bosquet firent irruption une nuée de soldats entourant un étendard orné d'une *yale* blanche tachetée de doré – un corps d'antilope, une queue de lion, un groin et des défenses de sanglier et deux longues cornes. L'un des emblèmes du duc de Somerset, qui conduisait lui-même au combat ses troupes d'élite massées autour de sa bannière carrée aux armes royales. Tout continuait – hélas – à se dérouler comme dans ma vision. Ingram reprenait espoir, mais, non loin, la fausse rose rouge s'approchait insidieusement... Sa garde personnelle s'était déployée autour de lui mais elle était prise à partie ou observait les déplacements menaçants de divers groupes yorkistes. Puis on réalisa que la situation était pire encore que ce que l'on croyait : Édouard IV lançait son armée entière à l'assaut, pour porter un coup fatal aux troupes de Somerset en détresse et pour empêcher le reste de l'armée lancastrienne de se ressaisir. Sur son ordre, des milliers de combattants se déplaçaient comme un seul homme. Quel contraste avec l'armée des Lancastre, où les meneurs n'en faisaient qu'à leur tête, où l'on cherchait une impossible entente entre l'impétueux Somerset, le défensif Wenlock et l'inerte Devon. Les forces de Somerset – désorganisées, attaquées de front, bousculées de flanc, débordées de part et d'autre, étranglées, ployant sous le nombre et privées de tout soutien – se disloquèrent. Panique sans nom. Des fuyards, des fuyards, des fuyards...

Mon corps se recroquevilla sur le rocher. L'univers m'écrasait pour m'obliger à chanter. Mes yeux me brûlaient comme si on les avait frottés avec des éclats de verre. Je sentis monter des larmes et je crus que je m'étais trahie moi-même. Mais quand je les vis s'écraser sur la pierre desséchée par le soleil, je souris de soulagement. Ce n'étaient pas de vraies larmes, seulement des larmes de sang ! Celles-là n'avaient aucune valeur dans le rituel !

Ingram leva son épée pour faire signe à des Highlanders qui, entraînés par le reflux, battaient en retraite. Le hallebardier blessé se rapprochait de lui, les yeux luisants à l'idée de la prime qu'il toucherait s'il abattait un seigneur ennemi d'un rang élevé au vu de la qualité de son armure et de la belle tenue de ses troupes. Il glissait dans les hautes herbes, sans se précipiter pour ne pas attirer l'attention, vipère qui se fait passer pour une couleuvre. Ingram lui adressa un bref regard. Rose rouge. Il porta à nouveau son attention sur ses hommes. Hélas non, pas rose rouge : rose rougie…

Ma bouche s'ouvrit malgré moi, mais mon cri demeura silencieux. Le cosmos entier ne s'appuyait plus que sur moi. J'étais un Atlas obligé de porter tous les mondes de Dieu. Mais je tins bon. Brisée, broyée, mais non encore vaincue.

Le futur meurtrier de mon amant était tout près de lui. Or, parvenu là, sa hallebarde dans les mains, il s'arrêta. Hagard. Il sentait qu'il devait faire quelque chose… Mais il avait oublié quoi précisément. Nul ne peut s'opposer de face aux desseins du Seigneur. Mais, cette fois-ci, je faisais partie de la trame des évènements décidés par Dieu et qui allaient conduire à la mort d'Ingram. *D'abord* je devais chanter, *ensuite* cet homme embrocherait mon amant. La douleur devint telle que je mordis la roche, ou voulus le faire, je ne le savais même plus…

Il se passa alors quelque chose de déroutant, dont je n'avais jamais entendu parler. Le monde se dissocia. Oui, pendant un bref instant, il y eut deux Terres, deux univers. Tout m'apparut en double, tandis que les hommes ne pouvaient manifestement pas observer ce phénomène. Deux scènes se côtoyaient, *presque* identiques. La seule différence était que, dans l'une, Ingram se faisait tuer par son assaillant, alors que, dans l'autre, tous deux demeuraient côte à côte en s'ignorant l'un l'autre. À partir de cette seule modification survint une cascade d'évènements et toute la trame de chacun de ces deux mondes s'en trouva modifiée. Des gens mouraient dans l'un qui survivaient dans l'autre et vice-versa… Rapidement, l'image de l'univers où avait péri Ingram s'affadit, perdit de sa substance, devint transparent, fantomatique… L'évolution du monde tel que Dieu l'avait prévu n'aurait pas lieu. *Autre chose* survenait. En cet instant, le monde était libre ! Libre ! Tout ne dépendait que des hommes tandis que le Seigneur ne savait plus où porter son attention, voyant ses calculs s'effondrer de toutes parts, chaque divergence faisant à son tour échouer d'autres prévisions et amplifiant ainsi ce phénomène. Je m'engouffrai dans cette brèche de liberté. Aux oreilles des proches d'Ingram, je criai : « Le hallebardier ! La fausse rose rouge ! Aux côtés d'Ingram ! »

Identifiant enfin l'ennemi, ils se jetèrent à trois sur lui et le tuèrent en l'instant. Somerset, aussi désespéré que furieux, se résolut à faire sonner la retraite – qui, en fait, se déroulait déjà, avec ou sans lui – et Ingram accepta de se replier. Je n'allais plus pouvoir veiller sur lui. Je le plaçais sous la sauvegarde de la belliqueuse *yale* de Somerset.

De peur de finir par perdre connaissance, je dus renoncer à demeurer ici plus longtemps, mon esprit fut contraint de se réfugier dans mon corps. Je me retrouvai à Fawchry et me laissai glisser dans mon loch…

27

Je flottais entre deux eaux, dans un lumineux silence bleuté.

Ainsi donc, j'étais finalement parvenue à l'acquérir, cette qualité que j'avais tant convoitée, cette part manquante sans laquelle *être* n'est rien. Dans ce combat, je n'étais pas restée neutre ! J'avais acquis un idéal et de celui-ci je tirais une force inépuisable.

Au-dehors, je le sentais, Dieu se démenait pour reprendre le contrôle de sa création. J'eus soudain des révélations quant à l'avenir que le Seigneur était en train de déterminer pour les miens. C'est avec une joie sans bornes que je sus qu'ils vivraient ! Ils vivraient ! Dieu ne leur tenait pas rigueur de mes actes. Sa Colère se porterait donc exclusivement sur moi. Ingram reviendrait vivant à Fawchry. Des clans rivaux attaqueraient les MacEnnen. Mais Ingram saurait organiser la résistance, l'articulant sur les forteresses que nous avions fait bâtir ensemble. Telles des digues face à une mer démontée, elles contiendraient la violence de ces invasions. Seul Limelick tomberait, et avec lui nos terres des Lowlands. Ici s'arrêtaient les décisions du Seigneur concernant les MacEnnen. Seulement, d'autres évènements surviendraient, ceux-là étant les conséquences de nos actions, les fruits de notre part de liberté. Au bout de quelques années, le vent tournerait en notre faveur. Quelqu'un – Henri Tudor, son nom serait Henri Tudor –, un descendant des Lancastre, débarquerait avec des troupes dans le sud de l'Angleterre… Des partisans se joindraient à lui… Le roi York, Richard III – le frère cadet et successeur d'Édouard IV, celui qui, à Tewkesbury, portait le nom de Gloucester – se porterait à sa rencontre, mais perdrait la vie dans la bataille. Cette fois, enfin, ce triomphe mettrait un terme définitif à cette guerre. Le nouveau souverain aurait à cœur de réconcilier les deux factions. Il veillerait aussi à ne pas oublier les rares vrais fidèles, ceux qui avaient toujours soutenu les Lancastre. Entre autres, il prononcerait le nom de MacEnnen. Il dirait très exactement : « Nous nous inquiétons du sort de nos amis des Highlands, les MacEnnen. De nos *chers grands amis* les MacEnnen ! Que ces paroles soient portées à l'attention de Sa Majesté Jacques III d'Écosse. » Nos ennemis se retrouveraient plongés dans l'ombre de deux rois, l'Anglais et l'Écossais, tel le coucou qui assiège un nid mais qui s'aperçoit que deux aigles planent au-dessus de sa tête.

Le clan MacEnnen échapperait à la destruction et connaîtrait une nouvelle ère de prospérité. Notre fils Beathan succèderait à Ingram et – ici, la trame de mes prémonitions devenait floue, s'effilochait, car cet avenir était si lointain... – il aurait à cœur d'agir, d'entreprendre... Lui, quel que soit le conflit, ne serait jamais neutre !

Tel un Christ féminin, je m'étais sacrifiée pour les miens. J'avais tant changé ces dernières années... Voilà ce que m'avait apporté Ingram. Je l'en aimais plus encore.

– Rebelle !

La voix de Dieu avait tonné avec véhémence.

– À nouveau, tu m'as trahi !

Il y eut un silence. J'attendais les foudres de sa vindicte. Au lieu de quoi vint une question.

– Pourquoi ?

J'étais stupéfaite. Dieu posait une question ? N'avait-il donc pas toutes les réponses ? Et ce ton de voix... Il était troublé... Tel un Père aimant, il contemplait, incrédule, cet enfant qui rejetait son amour.

– Pourquoi t'es-tu opposée à la fin des tiens sur Terre ? En dépit de leurs fautes, je les aurais accueillis en mon paradis... Il importait seulement de mettre un terme à votre union sacrilège.

Je ne répondais rien.

– Pourquoi ?

– Pour eux ! Et pour être libre ! criai-je.

– La liberté est néfaste, elle est source de ravages !

Je demeurais silencieuse. À travers le filtre des eaux,

je regardais le soleil de mai, disque incandescent et ondulant qui luisait de toutes ses forces. Finalement, les anges et les hommes ne sont-ils pas pareils aux insectes ? Nous nous précipitons vers la liberté comme eux filent vers la lumière, même si le prix à payer est la destruction. Et, même quand nous demeurons dans les ombres protectrices de la sagesse, nous continuons à fixer la flamme, nous épuisant à lutter contre son appel impérieux. Ma colère contre le Seigneur m'avait empêchée de réaliser cette évidence, de comprendre qu'il nous aimait réellement, de tout son être. Hélas, cet amour me faisait suffoquer. Dieu parla à nouveau, avec regret.

– Tu continues de te taire, ce qui signe ta troisième révolte. Trois fois rebelle !

Un abîme s'ouvrit avec fracas. Toute l'eau de mon loch fut précipitée dans les profondeurs, m'emportant avec elle, comme si la Terre nous avalait d'une seule gorgée. Désormais, le loch de Fawchry ne serait plus qu'un cratère vide. Ce lieu qui m'avait liée aux MacEnnen disparaissait avec la rupture de nos liens.

Je chutais à toute allure, bouleversée par le tumulte des eaux désorientées.

28

Je heurtai une surface, m'écrasant piteusement tandis que mes eaux achevaient de se répandre en cataracte.

Quand le flux cessa, je me relevai lentement. Ce lieu était ténébreux. Des silhouettes m'encerclaient, déroutées par ma spectaculaire irruption. Ces êtres se rapprochèrent, se firent menaçants. Puis ils perçurent l'étendue de mon pouvoir et refluèrent vivement, puis plus vite encore. La crainte les gagnait, faisant enfler le bourdonnement leurs murmures. Du plat des mains, je lissai mes longs cheveux, car, par une touche de coquetterie – l'orgueil a toujours été l'un de mes défauts –, je me souciais plus de l'image que j'offrais que de leurs menaces illusoires. Que je crie « Mort ! » et ils auraient tous sur les lèvres l'amère saveur de ce mot.

Leur émoi s'amplifia. Survenait un être d'une extrême puissance, mandé par des messagers affolés. Si exquise était sa beauté que son arrivée suscita ce parfait ravissement que l'on ressent au spectacle de la naissance d'un soleil.

– Te voilà donc parmi nous, Ennièle, archange de la Connaissance…

– Il y avait bien longtemps que l'on ne m'avait plus appelée ainsi, Lucifer, le Porteur de Lumière.

Son visage exprimait une ferveur identique à celle d'autrefois, je retrouvais ses manières raffinées, rien en lui ne semblait avoir changé, à croire que tous ces siècles n'avaient été que le songe d'une nuit.

– J'ai percé le secret de ta beauté, lui dis-je. Elle ne provient pas de la lumière, mais de cette soif de liberté qui brûle en toi.

Il me sourit.

– Cette même soif qui m'a jeté dans cette prison que l'on nomme l'enfer… Mais la vie est loin d'y être infernale, tu le découvriras par toi-même. Les hommes croient que nous y complotons contre eux. Ils n'ont pas besoin de nous pour cela, tu peux m'en croire. Ils accomplissent leurs félonies et leurs horreurs et, quand la culpabilité les ronge, ils clament que tout est de la faute du Diable ! Ah, je leur suis bien utile ! Sans moi, comment parviendraient-ils à dormir ? En vérité, ici, nous avons de plus hautes préoccupations que de pousser un tel à l'adultère, un tel au crime…

– Tu n'as pas renoncé, n'est-ce pas ? Vous préparez une deuxième Grande Révolte.

– Seras-tu des nôtres, cette fois ?

– Je l'ignore encore. Mais sache que je ne serai pas neutre. Non, plus jamais ! Donc je prendrai parti, pour vous, ou contre vous.

– Alors à charge pour moi de te convaincre de devenir notre puissante alliée ! Tu connais les vues du Seigneur sur les bienfaits de l'obéissance à la sagesse, je t'exposerai l'ivresse grisante de la liberté, ce délicieux poison mortel !

En dépit des éternités écoulées, il n'avait pas changé ! Il était resté cette flamme de liberté chaotique et folle qui brûle dans le cœur de chaque ange, de chaque homme.

Je m'approchai de lui, ce qui accrut le trouble de ceux qui nous environnaient. Par affection, je serrai dans mes bras cet ancien ami intime... Instinctivement, mes mains vinrent caresser les plaies dans son dos, là où ses ailes avaient été arrachées, tandis qu'il faisait de même avec moi.

Notes sur la Guerre des Roses (ou Guerre des Deux Roses)

Les dates et noms en gras (personnages, pays, batailles…) sont évoqués dans le roman.

De 1455 à 1485, l'Angleterre est déchirée par une guerre civile ponctuée de brèves périodes de stabilité (relative). Ce nom provient du fait que la Maison de Lancastre a pour emblème une rose rouge, tandis que celle de York arbore une rose blanche. Chacune des deux revendique la couronne d'Angleterre.

De 1455 à décembre 1460, après de brillants succès, les Yorkistes subissent une défaite désastreuse à la bataille de Wakefield.

En 1461 (date à laquelle ce roman commence à évoquer la Guerre des Roses), voici quels en sont les principaux protagonistes :

La **Maison de Lancastre** règne sur l'Angleterre depuis 1399, mais sa prise de pouvoir n'a pas été d'une légitimité irréprochable.

En 1422, **Henry VI de Lancastre**, alors âgé de neuf mois, hérite de la couronne d'Angleterre.

Les années passent et les désastres se succèdent. Peu charismatique, mal à l'aise, Henry VI ne réussit pas à se hisser à la hauteur de son père, l'exceptionnel Henry V, le vainqueur d'Azincourt, l'homme qui faillit bel et bien conquérir la France. Incapable de mettre au point une parade face aux Français qui se sont ressaisis, Henry VI perd les uns après les autres les territoires d'outre-Manche si difficilement gagnés. En 1453, une ambitieuse tentative de reconquête de la France se solde par la catastrophique défaite de Castillon, qui met fin à la Guerre de Cent Ans.

Ses conseillers, impopulaires, accroissent encore le mécontentement général.

Marguerite d'Anjou, son épouse, est d'une autre trempe. D'origine française, elle est la fille du roi René. « Roi », René l'est, car il est roi de Jérusalem et roi de Naples et de Sicile, mais ces deux royaumes ont été perdus. Si bien que le roi René, portant deux couronnes fantômes, vit dans ses châteaux de Provence, de Lorraine et d'Anjou. Nombre de ses vassaux désirent qu'il se lance dans la reconquête du royaume de Naples et de Sicile (dont s'est emparé le roi d'Aragon). D'autres rêvent d'une énième croisade, où l'on reprendrait Jérusalem. Mais le roi René préfère écouter les ménestrels, organiser des tournois, donner des fêtes somptueuses, financer les artistes… Il est mécène plutôt que guerrier.

Marguerite d'Anjou, au contraire, se démène avec une énergie hors du commun pour tenter de maintenir la couronne anglaise sur la tête de son époux. Elle est l'une des très rares femmes du Moyen-Âge à chevaucher en tête d'une armée pour la mener au combat. On peut émettre l'hypothèse qu'elle tente de réaliser avec la couronne d'Angleterre (qu'elle veut conserver au prix de tous les risques) le rêve inaccompli de son père quant aux couronnes de Jérusalem et de Naples…

Face à eux, **la Maison d'York** revendique la couronne anglaise en se basant sur des arguments juridiques légitimes.

En 1461, **Édouard (le futur Édouard IV)** vient de succéder à son père (tué à la bataille de Wakefield) à la tête du parti yorkiste. Il a seulement dix-huit ans. D'une taille colossale, fougueux, belliqueux, il incarne à merveille aux yeux de ses contemporains l'archétype du roi-guerrier victorieux. À tel point que l'on peut dire que si Henry VI est le fils réel d'Henry V, lui se comporte comme s'il en était le fils spirituel. Il vient finalement prendre cette place cruciale que ne parvient pas à occuper Henry VI: celle d'un deuxième Henri V. Or, à cette époque, le personnage du roi-guerrier victorieux est véritablement un élément fondateur de l'identité anglaise. Qu'il s'agisse du roi Arthur (déjà connu au XVe siècle car ses exploits sont racontés dans des livres, chantés par les ménestrels et cités en exemple aux chevaliers), du roi du Wessex Alfred le Grand (qui résista héroïquement aux Vikings), d'Édouard III ou d'Henry V, les attentes du peuple anglais sont toujours les mêmes: qu'un roi-guerrier le sauve d'une menace ou le lance dans de mirobolantes conquêtes.

Si bien que le parti yorkiste rallie progressivement divers partisans mécontents du tiède règne d'Henry VI.

Animé par des rêves ambitieux, une fois la couronne anglaise conquise, il songe à s'allier plus fermement à la Bourgogne pour reprendre la guerre contre la France.

Aux côtés d'Édouard se tiennent ses deux frères, **Clarence** et **Richard (le futur Richard III)**.

Un autre allié d'Édouard est **Warwick (Richard Neville, seizième comte de Warwick)**. Étant à l'époque le seigneur le plus puissant d'Angleterre, il offre un soutien inestimable. Comme il a abandonné Henry VI au profit d'Édouard, on le surnomme rapidement: «*The Kingmaker*», «le Faiseur de Roi». Or on est en droit d'estimer que, lorsqu'il «fait» untel roi, c'est en réalité lui-même qu'il couronne. Car le prix à payer pour son appui est d'appliquer ses innombrables conseils concernant le gouvernement du royaume. À l'époque, on s'amuse à dire: «Il y a deux rois en Angleterre, le premier se nomme Warwick et le second... eh bien, j'ai oublié le nom du second».

Le château de Warwick (qui est situé non loin de Londres) existe toujours, magnifiquement conservé. De tous les comtes de Warwick qu'il a abrités, c'est celui-ci qu'il commémore à travers maintes évocations.

Comme dans la majorité des guerres civiles, de nombreux seigneurs changent de camp au gré des circonstances, aggravant l'instabilité générale et créant de spectaculaires retournements de situation.

L'Écosse est, à cette époque, un royaume indépendant sur lequel règne **Jacques III**. Depuis 1296, date de la première invasion, les Écossais vivent dans l'ombre de la menace anglaise.

En 1314, **la victoire de Bannockburn**, décisive, permet à l'Écosse de retrouver son indépendance. Mais invasions, libérations et complots continuent à se succéder, sans compter les innombrables affrontements au niveau de la frontière où la guerre est permanente (telle **la bataille d'Homildon Hill**, en 1402, où dix mille Écossais, revenant d'un raid de représailles mené dans le nord de l'Angleterre, sont anéantis par une armée anglaise).

La guerre civile anglaise réduisant considérablement les risques d'une nouvelle invasion de son territoire, l'Écosse tire profit de ce conflit. Initialement neutre, elle négociera en 1461 son soutien au parti Lancastre en échange de territoires. Puis, face aux succès yorkistes, elle reviendra progressivement à une position plus neutre.

Vieille alliée de l'Écosse en vertu du principe selon lequel les ennemis de mes ennemis sont mes amis (cette alliance était appelée **The Auld Alliance**), **la France** se réjouit elle aussi de cette guerre interne anglaise. Elle est tantôt neutre, tantôt pro Lancastre, tantôt pro York (bien plus rarement), au gré des influences de la Maison d'Anjou (pro Lancastre) et des calculs politiques tortueux de **Louis XI**.

Charles le Téméraire, le puissant duc de **Bourgogne et des Pays-Bas bourguignons**, est pro York, mais pas seulement parce qu'il est le beau-frère d'Édouard IV. Sa stratégie est d'essayer de raviver la guerre franco-anglaise, ce qui lui offrirait l'opportunité, pense-t-il, de se détacher de la couronne française pour créer un état indépendant, un royaume bourguignon entre la France et le Saint-Empire romain germanique.

Achevé d'imprimer en septembre 2008
sur les presses de la Nouvelle Imprimerie Laballery
58500 Clamecy
Dépôt légal : septembre 2008
Numéro d'impression : 808192

Imprimé en France

La Nouvelle Imprimerie Laballery est titulaire du label Imprim'Vert®